Hanaide Kalaigian

Um amor de filha

autêntica contemporânea

Copyright © 2023 Hanaide Kalaigian
Copyright desta edição © 2023 Autêntica Contemporânea

Todos os direitos reservados pela Autêntica Editora Ltda.
Nenhuma parte desta publicação poderá ser reproduzida, seja
por meios mecânicos, eletrônicos, seja via cópia xerográfica,
sem a autorização prévia da Editora.

EDITORAS RESPONSÁVEIS
Ana Elisa Ribeiro
Rafaela Lamas

PREPARAÇÃO
Sonia Junqueira

REVISÃO
Marina Guedes

CAPA
Cristina Gu

ILUSTRAÇÃO DE CAPA
Romã, de Namasri Niumim

DIAGRAMAÇÃO
Guilherme Fagundes

Dados Internacionais de Catalogação na Publicação (CIP)
(Câmara Brasileira do Livro, SP, Brasil)

Kalaigian, Hanaide
    Um amor de filha / Hanaide Kalaigian. -- 1. ed. -- Belo Horizonte:
Autêntica Contemporânea, 2023.

    ISBN 978-65-5928-270-8

    1. Ficção brasileira I. Título.

23-151841   CDD-B869.3

Índice para catálogo sistemático:
1. Ficção : Literatura brasileira   B869.3

Aline Graziele Benitez - Bibliotecária - CRB-1/3129

A **AUTÊNTICA CONTEMPORÂNEA** É UMA EDITORA DO **GRUPO AUTÊNTICA**

Belo Horizonte
Rua Carlos Turner, 420
Silveira . 31140-520
Belo Horizonte . MG
Tel.: (55 31) 3465 4500

São Paulo
Av. Paulista, 2.073 . Conjunto Nacional
Horsa I . Sala 309 . Bela Vista
01311-940 . São Paulo . SP
Tel.: (55 11) 3034 4468

www.grupoautentica.com.br
SAC: atendimentoleitor@grupoautentica.com.br

Para Nanda.

O telefone tocou assim que terminamos o jantar. Estranhei, agora era só tremelique, toque de seda ou canção de ninar, perdi o costume de ouvir qualquer outro som. Espremido entre a poltrona havana listrada e o sofá marrom-café, o estofado precisando de uma reforma urgente, o aparelho sem fio ficava na salinha de tevê. Se soubesse que um simples apetrecho obsoleto daqueles era capaz de anunciar tamanho estrago, eu nem teria trocado a bateria. Não, teria era cancelado a linha, mas como é que eu ia saber. É bom ter um número fixo em casa, minha irmã falava, é, é bom, devia era ter doado, não precisava avisar ninguém, colocava lá no meio das roupas e pronto, mandava junto na sacola.

Aline levantou da mesa e sem a menor pressa foi atender. Estávamos só nós duas, Zohrab ainda não tinha chegado. Uma noite como outra qualquer, quinta-feira rotineira, com as obrigações da casa me esperando, poucas àquela hora: ajeitar a comida, acomodar os potes na geladeira, colocar a ração na vasilha, a Premium, nenhuma outra agrada, lavar a louça, passar um pano no chão. A lista de supermercado estava pronta na bancada da cozinha, tinha deixado as roupas sujas na lavanderia, guardado as passadas nos armários. Estava terminando de secar os talheres quando escutei gritos. Vinham da salinha. Corri e encontrei Aline transtornada, o aparelho na orelha, gritando palavrões que nunca pensei que pudesse ouvir da sua boca. A cadela latia, pulando estabanada de um lado para o outro, as duas numa disputa de berros e latidos, e eu lá no meio sem entender o que estava acontecendo, sem saber o que fazer. Tentava ajudar, quem é, filha, o que foi, perguntei várias vezes. Mas Aline, descontrolada, nem me escutou. Percebi que eu também berrava, sem reparar tinha me juntado ao coro, meus rugidos dominando a cena.

"E não quero mais saber do seu pai, nunca mais ligue aqui de novo", lembro bem de ter ouvido essa frase, a única que consegui entender antes de Aline bater o aparelho com força.

"Não, eu não acredito! Não acredito," parecia que a respiração dela ia explodir, "eu vou matar... juro que mato... como ele pôde... como..."

Demorou para minha filha se acalmar, nem sei que palavras usei, o que falei. Fui correndo na cozinha buscar um copo de água, Aline nem conseguiu segurar de tanto que tremia. Continuava a berrar obscenidades, praguejando contra nem sei quem, um linguajar, de onde saiu tanto palavrão. Segurei seu braço, fomos ao banheiro, abri a torneira e molhei o rosto e as mãos dela com água fria, molhei não, encharquei com água fria. Pensa que aliviou? Aline parecia tomada por uma violência que eu nunca tinha visto, pelo menos não tinha se manifestado, muito menos daquele jeito. Aos poucos foi se acalmando, a respiração diminuindo, voltando ao normal, até que ficou muda, não saiu nem mais um aizinho da sua boca.

Aproveitei a calmaria e perguntei quem era, que telefonema foi aquele. Não era possível que uma ligação fosse capaz de provocar tamanha fúria, me conta, filha. E nada, Aline não disse lhufas. Os olhos borrados de rímel, o preto escorrido no rosto, o respingado de água nos cabelos, a gola inteirinha molhada, filha, me fala.

"Boa noite, mãe."

Foi tudo o que ela disse, assim, desse jeito.

E com um beijo, subiu para o quarto.

Senti como se um tornado tivesse entrado, sacudido a casa toda e ido embora sem causar estrago. Sem causar estrago, foi o que pensei. Mas dava para um tornado sacolejar tudo sem causar estrago? Mexeu, claro que mexeu. Tanto que depois acabei internada. Não levei a sério aquela pontada no estômago, achei que fosse problema de digestão, que logo iria passar. Mas não, a comida não descia, e se eu tentasse engolir, nem que fosse uma coisinha qualquer, meu corpo atirava fora. Meu corpo, porque *eu* até que fiz um esforço. Tentei papinha, sopa, mingau de aveia, cortava a comida em pedacinhos, amassava, nada descia. É emocional, você passou por um estresse muito forte, daqui a pouco tudo vai ficar bem, cansei de ouvir isso. Nem sei o que soava pior, essa sentença repetida milhões de vezes ou o mal-estar que não me largava.

Mas chega. Não quero falar dos meses de internação nem da doença. Foi tanta agitação, tanto abalo, tudo em tão pouco tempo, que não entendi como é que deixei o fio escapar. Foi, não percebi nada do que estava acontecendo. E depois não sabia mais se tinha mesmo acontecido. Por isso preciso contar, ao menos me escutar falando. E juro,

juro de pé junto, que não é história nem invencionice da minha cabeça.

Deixei a porta aberta. Aline podia chamar ou levantar assustada, vai saber. Zohrab ia voltar no dia seguinte, vi a mensagem tarde, já de madrugada. Nem dormi. Fiquei a noite inteira afofando o travesseiro, virava de um lado, virava do outro, e nada de pegar no sono. Se uma pessoa comentava, assim meio à toa, que não dormia, eu logo contava dos quilos de corretivo que tinha que passar embaixo dos olhos no dia seguinte, que meu sono era picado, péssimo. Nem sei por que falava essas coisas. Nunca tive a menor ideia do que era insônia, me esticava na cama e pronto, desmaiava. Barulho, zumbido de pernilongo, lâmpada acesa, coisa nenhuma me atrapalhava, nem alarme de carro disparando debaixo da janela. Como é que eu ia saber que naquela noite, e muitas outras depois, ia experimentar na pele o que é lutar contra o sono, ou seria lutar com o sono, já que ficávamos horas lado a lado como melhores amigos. E não era uma simples vigília, não, ficávamos sob a mira de um bombardeio que não dava trégua. Eu não conseguia parar de pensar se Aline estava envolvida com alguém e que tipo de envolvimento seria aquele. Pior, o que tinha a ver com o pai dele? Ou dela?

Minha filha sempre foi uma menina ponderada, sem manias, caprichos, vinte e oito anos sem muitos altos e baixos. Nunca erro a idade dela, inventei até uma regra, calculo quantos anos eu tinha quando dei à luz. Sim, tenho dificuldade em lidar com números, não só isso, não consigo lembrar ou guardar nenhuma data ou idade, com uminha única exceção: Aline nasceu com 3.170 gramas. Não existe outro número assim quebrado que eu não arredonde. Se me perguntam as horas, sempre puxo para a frente ou para trás: três e cinquenta e dois não existe, completo os minutos que faltam para as quatro ou diminuo, quinze para as quatro, dependendo se estou atrasada ou adiantada. Alguns minutinhos, que diferença faz, aproximo e pronto. Perder tempo calculando, pra quê? Sei que não é questão de tempo, também não é preguiça, é que sempre fui meio sossegada, meio não, muito sossegada.

Mas o peso da Aline eu guardo do jeito que a enfermeira falou na maternidade. Aquele bebezinho embrulhadinho no meu peito, uma sentindo o calor da outra, os corações batendo juntinhos, mesmo que em corpos separados. Quanta saudade. Saudade do quarto lotado, do entra e sai de tias, primas, parentes, da mesa abarrotada. Minha mãe teve que fazer malabarismos, a mesa não era grande, nem sei como ela arrumou na toalha bordada os doces, chocolates, cálices, copos, guardanapos, jarra de água, refrigerante e duas, duas não, três garrafas de licor. Era Meguê quem servia. De tempos em tempos ela passava a bandeja para as mulheres acomodadas dentro do quarto e para os homens de pé no corredor. Uma festa. Nascimento era sempre um grande acontecimento, era não, é. Aline, quietinha, passava de braço em braço, a gola de organza da camisinha bordada cobrindo as bochechinhas, ela não abria a boca, não reclamava, nem choramingava, desde pequena minha filha assim boazinha.

Fui até o quarto na ponta dos pés e encostei na porta, tentando ouvir se Aline dormia. Quantas vezes não me abaixei num equilíbrio doido para não esbarrar na grade do berço, esperando o ar soprar daquele nariz pititico. Não podia entrar, como fazia antes, então, sem fazer barulho, grudei o ouvido na madeira. Exagero de jeito nenhum, minha única filha, não vou me preocupar com ela?

Sempre quis ser mãe, principalmente mãe de menina. Nunca fiz parte da torcida pelo primeiro filho homem, primogênito festejado com charuto, conhaque, camiseta de time de futebol, herdeiro do sobrenome, do patrimônio, dos negócios da família, de preferência família numerosa. E sou mãe de Aline. Não, não consegui me enquadrar no padrão das grandes famílias da colônia, nem eu nem minha mãe, não que o exemplo me sirva de consolo. Se Deus quis assim, foi assim, era como ela se justificava, em momento algum mencionou os abortos que sofreu, não sei ao certo quantos foram nem se foram antes ou depois que nasci. E mesmo que Deus tenha assim decidido, lembro como ela se lamuriava por não ter conseguido gerar a prole de quatro ou cinco filhos que tanto queria. Imagine se não deixou essa tarefa para as filhas.

Minha irmã Meguerditch, Meguê, com acento circunflexo e sem revisão ortográfica para não virar Mégue, muito americanizado, nas palavras da minha mãe, cumpriu bem o papel e teve quatro filhos. Eu, que, mesmo não sendo religiosa devota, agradeço diariamente por meus pais terem escolhido Meliné, sem as consoantes que formam outros complicados nomes, tive só Aline. Hoje nem é mais tão comum batizar os filhos com nomes armênios, ao contrário dos primeiros imigrantes, que faziam questão que os filhos levassem os nomes dos ancestrais ou parentes.

Claro que queria mais filhos, pensa que eu não quis contribuir para o sonho da minha mãe? Muito pelo contrário, pra mim era natural ter filhos, com S no final. Casei e não consegui engravidar, levou um tempinho, pouco mais de um ano. Mãe e sogra ligavam dia e noite, por que a tardança, eu devia estar com algum problema, deve ser ovário, com certeza, não é normal demorar tanto tempo, você já foi ao médico? Ou melhor, médica, imagine ir a um ginecologista homem. Nem precisou, alguns meses depois engravidei. Gestação tranquila, parto normal, minha atenção era toda Aline, eu era só Aline. Não demora muito, filhinha, mais fácil criar tudo junto, quanto não falaram. Ouvi da minha família, da família do Zohrab, das tias, das amigas da minha mãe, parece até que sabiam. Quando decidi engravidar não consegui.

"Viu, viu só no que deu? Esperou tanto que passou da idade", foi o que o Zohrab me disse. Eu tinha acabado de fazer trinta anos.

Desesperada, procurei minha ginecologista. Ela sugeriu alguns tratamentos caros e trabalhosos, que acabamos não fazendo. Mas seguimos as orientações de ter relações no período fértil medindo a temperatura para ter certeza se era mesmo o dia certo. Foi bem difícil convencer o Zohrab. Nos primeiros meses até seguimos os conselhos da médica: tabelinha, termômetro marcando trinta e sete. Tentei também todo tipo de simpatia que escutei: vela em noite de lua cheia, oração para Santa Maria, pernas para cima e nada de banho depois de transar. Zohrab começou a reclamar, achou que era muita mão de obra, todas essas tralhas de calendário e truquezinhos faziam ele perder a vontade, e acabamos desistindo. Parou de falar em filhos, me procurava menos, até diminuirmos consideravelmente nossa vida sexual, sim, *consideravelmente*, é essa a palavra, ele não me procurava mais. Se me importei? Eu tinha a minha filha. E, mesmo com as intermináveis cobranças da minha mãe, da minha sogra, da Meguê, das minhas primas, eu me sentia satisfeita, muito satisfeita com a minha filha.

Com ela tudo era motivo de festa: os primeiros passinhos, o *mama* com vozinha doce, os sorrisos banguelas, os banhos intermináveis na banheira apinhada de bichinhos, bolhas de sabão, bonequinhas. Que trabalheira era tirar Aline da água, ela esperneava e gritava tão alto que a vizinhança inteira ouvia. Mas os gritos não chegavam nem perto do escândalo que ela fazia na escolinha maternal. Aline não queria ficar, e eu chorava para não deixar minha filha lá. Até que um dia a coordenadora me puxou de lado, explicou que seria mais fácil se eu mostrasse a Aline que confiava no trabalho da escola, na professora, nas assistentes, fala pra sua filha que você vai voltar mais tarde, ela pediu. Fiz, que mais eu podia fazer?

Acordei cedo, se é que dormi. Encontrei Aline vestida, já de banho tomado e atrasada para uma reunião, nem dava tempo de tomar o café. Estranhei. Desde quando marcava compromisso cedo, ainda mais reunião? Aline vivia proclamando as vantagens de trabalhar com o pai: agenda flexível, horários de ginástica, cabeleireiro, esteticista, comprinhas, tarde com as primas na hora que bem entendesse e, principalmente, não ter a obrigação de sair correndo de manhã.

"Espera, Aline," e enquanto eu pegava o pacote de pão de forma, "olha, já pus uma fatia na torradeira", acendi rápido o fogão, "e o café tá quase pronto, filha."

"Ih, mãe, não vai dar."

Eu não me aguentava de curiosidade, queria perguntar, segurar ela mais um pouco, que pressa toda era aquela?

"Eu tomo depois lá na padaria."

Na padaria. Ela nunca comia perto do escritório, ia tomar o café da manhã na padaria? Mais estranho ainda. Aline nunca me deu trabalho, não lembro de um dia ter dado, nem com os tais chiliques da fase da adolescência de filho querendo ter vida própria. Não, não teve nada disso. Nós duas sempre tivemos muita afinidade, as decisões que tomou, faculdade, círculo de amizade, gastos com cartão, foram todas ajuizadas sempre me ouvindo e seguindo minhas orientações. Todas. Com exceção de ter ido trabalhar com o pai, não entendi, pra quê? Conversei, tentei convencer Aline a fazer outra coisa, procurar um curso, uma atividade qualquer, mas não teve jeito, encasquetou com a ideia e foi.

Assim como muitos armênios, Zohrab seguiu no negócio do pai. Os primeiros imigrantes, os que vieram bem no início, na virada do século, trabalharam como mascates vendendo miudezas de porta em porta no interior de São Paulo. Depois de muita andança, muita sola de sapato, esses pioneiros conseguiram montar seu próprio negócio e ajudaram os mais novos a abrir também. Meu sogro foi um dos que recebeu esse apoio e aprendeu o ofício de fabricar sapatos. Pedidos entrando, as vendas subindo, ele alugou um galpão na região da rua 25 de Março e montou uma pequena fábrica. Os filhos, desde pequenos, ajudavam o pai a produzir o mocassim, um modelo masculino de couro. Com a alta dos preços dos imóveis no Centro e meu sogro já ausente, Zohrab e o irmão tiveram que transferir a fábrica para Franca. Zohrab dormia duas a três noites e alguns finais de semana lá. Dormia mais naquela cidade do que aqui, sempre com algo urgente para resolver.

"Mas a água tá fervendo, filha..."

Aline cuidava da papelada da fábrica numa sala no bairro de Santa Cecília. Ela e três funcionários organizavam os pedidos, pagamentos, contas a pagar, um serviço fácil, na definição dela. Mas desde que começou a trabalhar, voltava para casa estressada, brigando com o pai. Os dois viviam discutindo. Qualquer coisa era motivo de bate-boca: produto, fornecedores, clientes, nem lembro mais. Fora o tanto que Aline implicava, isso é jeito de tocar a fábrica, que tanto o pai fica em Franca? Zohrab respondia que tinha que trabalhar. Precisava manter a casa, manter a família, manter o negócio, o que ela queria? Tinha sido assim na família dele e era assim em todas as outras famílias que conhecia. Se por acaso Aline continuasse a falar, ele subia o tom e dizia que homem não precisava dar tanta satisfação do que fazia, não precisava dar satisfação à mulher e muito menos à filha. Ele cumpria com as obrigações e pronto. Eu não interferia nessas discussões, não me posicionava nem a favor nem contra. Depois, com os ânimos já refeitos, tentava mostrar que o melhor a fazer era ficar calada, pra que revidar, criar atrito? Por que mexer em coisa que não se mexe? Aline não respondia. Não sei se concordava nem o que passava pela cabeça dela, mas lembro que depois dessas brigas ficávamos mais apegadas uma à outra, ainda mais próximas. Talvez seja por isso que não consegui entender o porquê daquele descontrole, todo o exagero daquela situação.

"Mas Aline..."

"Não esquenta, mãe, não é nada."

E me deixou, outra vez, à mercê da minha imaginação completamente desvairada, inventando enredos estranhíssimos que fizessem algum sentido. Quem teria ligado? Talvez Aline tivesse se envolvido com um homem casado, mais velho que ela, e estava sendo forçada a fazer algo contra sua vontade. Estava sendo coagida ou chantageada. Nem podia pensar em abuso que eu ficava ainda mais agoniada.

Tentei fugir dessas ideias e percebi que Sireli continuava parada na porta. Sempre tive cachorros, mas essa tinha uma adoração especial, adoração não, uma verdadeira veneração por Aline. O nome fui eu que sugeri, significa *querido*, adaptei um pouquinho, combina demais com a cadela, Aline mima ela de um jeito e Sireli se desmancha toda. Gosto de brincar com a sonoridade do alfabeto armênio. Abro o dicionário e procuro, fico horas buscando uma boa combinação, alguma palavra que se encaixe no que quero. Antes da Sireli, tivemos um golden que batizamos de Voski, o pelo daquele cão brilhava que parecia ouro, chegava a ofuscar de tão dourado. Tivemos também o Bambak, um poodle branquinho que parecia feito de algodão. Lindo. Não pense que eu falo ou entendo armênio, acho divertido pesquisar as palavras aleatoriamente, pelo som, assim meio de brincadeira.

Chamei a labradora. Ela se virou cabisbaixa, se aproximou devagar, e fiz um afago nas orelhas dela. Sireli me olhou, parecia preocupada também.

Mesmo sem vontade tentei organizar os e-mails. Propagandas, anúncios, mensagens comerciais, a maioria deletei direto. Odeio fazer cadastro, até endereço falso eu passo para não ter que receber tanta bobagem, como é que conseguem meu nome? E de onde vinham tantos? Não, não vou reclamar, naquele dia eles até me distraíram um pouco.

Montei meu ateliê na edícula do sobrado onde moro. A casa não é grande, um jardim ocupa a parte da frente com azaleias, camélias, um perfumado jasmim-manga, gerânios, lírios, um ipê-rosa e um flamboyant lilás, floridíssimos de janeiro a maio. E atrás, ao lado do ateliê, uma hortinha com hortelã, manjericão, alecrim e uma jabuticabeira que, na época de florada, causava um pega de passarinhos e ainda assim lotava tigelas e mais tigelas de fruta. É dessas construções antigas, sabe, paredes maciças, piso de tábuas largas, janelas grandes com venezianas de madeira. Desde que nos mudamos, a casa pedia algumas reformas que sempre adiávamos, principalmente a parte elétrica, que vivia dando problema. A rua é tranquila, no Jardim das Bandeiras, cercada de muitas árvores, entre elas uma falsa-seringueira de tronco enorme e raízes grossas que forçam o pedestre a sair da calçada e desviar o caminho. Na calçada da frente, um eucalipto e uma aroeira que, quando abarrotados de folhas, ultrapassam o muro azul-cobalto do vizinho. Sempre imagino Monet, com aquela barbona comprida dele, a paleta apurada de tons, armando o cavalete bem na frente do meu portão.

No fundo do terreno, sim, eu já disse, não tem como não falar várias vezes, o meu ateliê. Era lá que eu e Sireli passávamos a maior parte do tempo, ela me admitia como companheira quando Aline não estava. Duro era ter que aguentar os latidos, era só escutar o bem-te-vi, ou outra piadeira, e Sireli saía pulando. Sem falar do escarcéu que fazia quando ouvia a campainha estridente do vizinho.

Gosto de minha casa, ainda que seja um pouco escura com tantas árvores ao redor. A sucupira-preta do assoalho contribui para a falta de claridade, mas morar aqui me traz uma forte sensação de firmeza. Minha sogra ficou incomodada com essa opacidade, mesmo que a escolha do imóvel tenha sido dos pais do Zohrab. Ela reclamou, palpitou, trouxe até um mestre de obras conhecido dela que sugeriu aplicar uma pátina, nem sei o nome do produto, ou mudar o piso. Desistimos, é mão de obra demais, minha sogra disse, e acabou resolvendo o problema do jeito dela. Passamos a lua de mel na Argentina, dez dias de almoços e jantares com tios, primos, parentes, tempo suficiente para minha sogra mudar a sala. Pintou de branco as paredes, instalou cortinas bege clarinhas, colocou um aparador numa das laterais, sobre ele um espelho até o teto, e espalhou tapetes persas pelo ambiente todo. Um dos tapetes ficou debaixo da mesa na sala de jantar, tirei depois de alguns anos mesmo com as intermináveis queixas do Zohrab, e os dois menores coloquei na sala de estar, onde ficaram até bem pouco tempo, quando tiveram que desmontar a sala.

E pensar que, mesmo com todas as adaptações e tudo o que fizeram, minha casa se manteve inteira. Cama hospitalar, cadeira de rodas, cadeira de banho, home care, oxigênio, três cuidadores se revezando em turnos de oito horas, folguistas. Uma tralha gigantesca se apoderou do espaço, nem parecia mais a minha casa. Achamos mais fácil montar o equipamento na sala. Na verdade, eu nem tinha condições de achar nada, Meguê e a equipe médica decidiram que seria melhor que eu ficasse embaixo para evitar subir e descer escadas o dia inteiro. Tiraram os sofás, as duas mesinhas laterais, a de centro e todo aquele monte de livros espalhado sobre a mesa de jantar. Não ficou nenhuma caixinha de prata, vaso ou enfeite, nem o livro do Monet, que decorava a mesa de centro, aberto na página da pintura impressionista de que eu tanto gostava.

Mas isso tudo foi bem depois.

Naquela manhã, no meio daquela batelada de mensagens, uma me chamou a atenção. Era de uma tal de Amanda Selan. Nem sei o que chamou a minha atenção, nunca lia e-mail de desconhecidos. Talvez por ela ter se apresentado como curadora independente, escrito que estava buscando artistas para uma exposição, ainda sem data e lugar definidos, e ter visto meu sobrenome na lista de alunos do curso de desenho do MAM. Até aí nada de mais, é fácil identificar um armênio, a maioria leva o sufixo *ian* no sobrenome. O *ian* no final pode indicar a ancestralidade, linhagem, geografia, ocupação, característica física ou de personalidade. Como Petrossian, filho de Petros; Sivaslian, nascido na cidade de Sivas; Vosgerichian, filho de ourives; e tantos outros. Sempre uso meu sobrenome de solteira, Titizian, é mais simples, mais fácil de soletrar. No documento, o do Zohrab, claro.

A curadora explicava que fui recomendada com numerosos elogios do professor, sem indicar o nome do tal professor. O projeto dela envolveria artes plásticas, antropologia e literatura com o objetivo de investigar se existe um legado comum entre povos que sofreram exílio. Que legado, não estava escrito. Nem quais eram esses povos. Perguntou se poderia visitar meu ateliê, e respondi que sim na mesma hora. Mencionei que trabalhava em casa, poderíamos marcar um horário já na próxima semana ou quando fosse melhor para ela. E enviei. Acho que nunca enviei uma mensagem tão rápido, ainda mais sem conhecer o remetente, sem ter a menor ideia do que era nem nunca ter ouvido falar do tema. Fiquei curiosa, até quis sondar um pouco na internet, mas não consegui me concentrar.

Tentei me distrair arrumando roupa, preparando o almoço, o jantar. Durante o dia, até consegui afastar um pouco os pensamentos delirantes, mas à noitinha toda vez que eu começava a fazer alguma coisa, o telefone tocava. Tocou diversas vezes. Quando atendia, o aparelho ficava mudo, a ligação caía. Às vezes demoravam para desligar, dando a impressão de que alguém escutava minha voz, por que não respondiam? E por que ligavam? Lembrei das histórias que minha mãe e minhas tias contavam quando eu era pequena. Nem eram histórias, não lembro de ter começo, meio e fim, ou algo que tenha acontecido. Eram receios, angústias, sempre carregados de horror, de muita aflição. Nós tínhamos que nos proteger, elas diziam, nós mulheres éramos muito vulneráveis, qualquer um poderia se aproveitar da nossa fragilidade. Liguei várias vezes para saber se Aline estava bem, ela me pareceu tranquila, só um pouco incomodada com minhas chamadas.

O dia passou arrastado, um calor intragável. Sempre abominei dias quentes, a pele grudenta, um cansaço sem fim. Contava os minutos para Aline chegar em casa, logo eu, que não ligava muito pra eles. Zohrab avisou que viria jantar, depois de ter passado a semana inteira fora, e eu sem perceber. Ia esperar Aline. Na verdade, pensei em esperar, liguei perguntando que horas ela iria chegar e justifiquei minha centésima ligação dizendo que queria calcular o tempo e servir o *mantä*[*] quentinho. Minha filha adora os barquinhos de massa recheados com carne, acompanhados de coalhada fresca. Aline falou que voltaria tarde, era aniversário de uma amiga, e pediu para eu deixar a comida na geladeira. Amiga, que amiga, eu conhecia todas as amigas. Anotava numa caderneta as datas dos aniversários delas, dos irmãos, dos pais, dos avós, onde moravam, o que faziam. De onde essa menina apareceu? E que amiga sem nome era essa? Fiquei mais aflita ainda.

Enquanto Zohrab e eu jantávamos, contei o que tinha acontecido. Descrevi a cena do telefone, a reação exagerada da Aline, minha preocupação. E ele ouviu? Nem me deixou terminar. Pareceu mal-humorado, nos últimos tempos ele andava rabugento, mas ficou pior, a veia do pescoço se dilatou, os olhos pareciam querer saltar das pálpebras. Falou alto, quase gritando, que as vendas estavam ruins, a situação andava péssima, existiam outras coisas com que se preocupar além de briga de namorados, em que mundo eu vivia, não tinha senso de realidade, não? Confesso que às vezes não tenho mesmo, me sinto meio por fora, afastada dos fatos do dia a dia, das notícias, acompanhando os acontecimentos de longe, como se morasse em outro país. Mas ele tinha exagerado, nada

---

[*] No elucidário nas páginas 135 a 140, há um pequeno glossário com o significado de algumas das palavras armênias e turcas usadas na narrativa. Lá também estão comentadas as referências à cultura armênia. (N.E.)

a ver uma coisa com a outra. Briga de namorados, que namorado, e namorados brigam daquele jeito?

Aline comentou várias vezes que a fábrica andava deficitária, o modelo que produziam era antiquado, estava sendo substituído por outros mais modernos. Na opinião dela o pai parou no tempo, um dos motivos por que tanto brigavam.

Zohrab comeu rápido, sem mastigar direito, empurrou a cadeira e subiu.

Só vi Aline na manhã seguinte. Cara amarrada, emburrando com Sireli, fato raríssimo. Parecia furiosa. E a fúria tinha um alvo, Zohrab. Os dois não se olhavam, não se falavam, ou melhor, sussurravam como se gritassem baixinho. Que conversa era aquela, pai e filha brigando em voz baixa, eu não podia ouvir? Quando me aproximava, os dois ficavam quietos, se movimentavam de modo pesado, barulhento. Sireli rosnava, o que era aquilo? Um vulcão no meio da casa pronto para entrar em erupção?

Perguntei o que estava acontecendo.

"Nada, você se preocupa demais", Zohrab respondeu. Virou as costas, disse que precisava visitar umas lojas e saiu. Fui saber de Aline. Ela disse que precisava passar na casa de uma conhecida para organizar uma festa. Festa, que festa, e que conhecida era aquela, que tanto lero-lero, Aline, tem alguma coisa acontecendo?

"Não, não tem nada, depois a gente conversa, não posso deixar minha amiga esperando." E como se lembrasse de última hora, "Vou chegar mais tarde, promete que não vai ficar me ligando o dia inteiro pra saber como eu estou?". Como assim? "É que às vezes você exagera, liga de um em um minuto só pra falar oi. Não se preocupa, tá tudo bem, mãe."

E lá fiquei eu de refém de novo, imaginando tudo o que se tem para imaginar e mais um pouco. Cenas de terror, imagens medonhas invadindo minha mente, lembro de um pavor abominável tomar conta de mim.

Eram muitas as histórias que ouvia. Nas famílias da geração dos meus avós, a mulher que ficasse viúva costumava se casar com um parente próximo, um cunhado, primo ou alguém com algum grau de parentesco. Casamentos desfeitos, esposas abandonadas e mulheres sozinhas eram sempre malvistos, significavam situações de risco e desgraça. Ficava tão impressionada com a maneira como elas contavam que costumava sonhar com mulheres sendo degoladas de forma violenta ou tendo que se esconder por não sei quanto tempo em porões ou lugares claustrofóbicos que me faziam despertar com falta de ar. Aline sempre me contou tudo, por que agora resolveu esconder?

Naquela noite, devo ter repetido um daqueles sonhos. Acordei com o lençol enrugado de um lado, o cobertor caído no chão, o travesseiro amassado nos pés. Na verdade, não era o travesseiro que tinha mudado de lugar, eu é que estava com os pés na cabeceira. Não, Zohrab não estava do meu lado, não dormíamos no mesmo quarto, coisa já de muitos anos. Nem sei o porquê. Ele reclamava que a cama era pequena, que faltava espaço, eu dormia encolhida na ponta do colchão, nem cobertor puxava. Ou então ele dizia preciso fumar e acabava dormindo no quarto de hóspedes. Até que resolvemos, ele resolveu, que seria melhor dormir em camas separadas, em quartos separados. É, fiquei um pouco chateada, mas não falei nada. Se ele quis assim...

O domingo veio. Nuvens cinza-chumbo que, ao invés de virar chuvarada, ficaram ali, suspensas. Estávamos os três em casa, o clima abafado parecido com o do dia anterior e do anterior, e do anterior ao dia anterior.

Estava tão inquieta que resolvi preparar um doce de queijo, o preferido de Aline. Nada como derreter um pouco de açúcar para adoçar a casa. Muçarela, semolina, leite, açúcar, manteiga, cozinhei tudo depressa para dar tempo de esfriar até a hora da sobremesa. Estava terminando de colocar a calda quando Aline entrou na cozinha e avisou que não iria almoçar, ah, não, larguei o doce no meio, nem esperei a calda escorrer até o fim, dessa vez eu não podia deixar ela escapar. Nem ela nem ele. Chamei os dois na sala de jantar. Aline se acomodou na cadeira, de novo com aquela cara fechada, e esperei Zohrab chegar. Esperei ele pegar o cinzeiro, procurar o isqueiro, remexer os bolsos da calça, onde foi que coloquei, puxar a cadeira e, por último, quando parecia não ter mais o que fazer nem como adiar, sentar.

Fui direta.

"Por que tanta bateção de porta, segredinhos, mau humor?"

Nenhum dos dois abriu a boca. Trocavam olhares esperando quem seria o primeiro a falar.

"Conta pra ela," Aline falou ríspida, "você não acha que ela tem que saber?"

"É..."

Zohrab usou um tom de voz tão grave, tão sério, que nem parecia ele.

"Mas é uma conversa entre sua mãe e eu."

Aline amarrou a cara, mais ainda do que já estava. Disse que não arredava o pé de lá, pode falar, vou ficar aqui, e, desafiadora, encarou o pai. Fazia um calor insuportável. Respirei fundo e ele disse que era uma conversa de casal, se é que tinha alguma ideia do que era isso. Estávamos casados há quase trinta anos, namoramos dois, noivamos mais dois e nunca tivemos uma conversa com aquele grau de seriedade. Aline levantou, me olhou ainda por alguns segundos e subiu para o quarto.

Zohrab começou a falar. Falou da situação crítica que o país enfrentava, lojistas reclamando do movimento, vendas caindo, diminuição dos pedidos. Estava sendo difícil manter a fábrica, o escritório em São Paulo, ele teria que rever as despesas. Eu já conhecia essa história, há tempos ele vinha falando dos problemas, não era nenhuma novidade. Em seguida disse que Aline já era adulta, ela poderia trabalhar em outra área, buscar um futuro melhor, ele decidira encerrar o escritório em São Paulo. Estudava a possibilidade de continuar com a fábrica, negociava as dívidas tentando um empréstimo, ou talvez tivesse que fechar também. E que iria morar em Franca.

"Morar em Franca... eu não conheço ninguém lá..."

Zohrab absorveu o ar e parecia que não ia mais soltar, como se naquele momento ele tivesse que testar o limite de apneia.

"Eu vou sozinho, Meliné. Quero me separar."

Não sei se ele falou mais alguma coisa nem sei o que se passou. Separar? Nunca imaginei que pudéssemos nos separar, não que eu não tivesse pensado, mas nunca iria me separar, nunca, ainda mais agora. Depois de tantos anos juntos. Tínhamos uma filha, dividíamos a mesma casa, por mais que cada um tivesse a sua vida, eu estava acostumada desse jeito e achei que ele também estivesse. Separar, morar em Franca, era informação demais, nem sei como ainda consegui perguntar:

"Mas Franca? Por que mudar, você nem sabe se a fábrica vai fechar?"

E aí veio.

Zohrab disse que existia outra pessoa. Na verdade, começou contando da tal outra e achei que fosse parar por aí. Mas não, tinha mais. Continuou a falar e acho que pela primeira vez em todos aqueles anos ele falou abertamente comigo.

"Tenho uma companheira e dois filhos em Franca."

Desabei na cadeira. Zohrab ainda ensaiou continuar. Abaixei a cabeça, fiz sinal de que não queria ouvir. Uma companheira? Ele sempre tivera seus *casos*, sirigaitas que arrumava e eu fingia não ver, mas outra família? Filhos? Nos primeiros anos de casada, até questionei ele chegar tarde com perfume de mulher, deve ser da encarregada de compras, de alguma cliente que me cumprimentou, ele desconversava. Com o tempo, deixei de perguntar, nem ligava mais, só pensava em manter nossa família, nosso casamento, nossa tradição, não era isso que importava? Eu não queria ficar sozinha. Mas outra família, por quantos anos ele manteve isso?

Zohrab ainda falou, disse que estava sendo difícil, ele não queria me magoar, mas não dá pra viver em duas cidades, indo e vindo, vai ser melhor pra todos nós. Todos nós quem? Não perguntei, não gritei, não chorei. Ele pegou a chave do carro, disse que depois resolveríamos e saiu.

Aline veio assim que escutou a porta fechar.

"Você sabia?", perguntei, pai e filha se estranhando há tempos.

"Meu pai jurou...", Aline balançava a cabeça, "ele falou que ia resolver... mas eu nunca... nunca achei que ele fosse deixar a gente..."

Zohrab usava uma camisa branca, botões abertos até o meio do peito, crucifixo pendurado na corrente de ouro. Numa mão o cigarro, a cuba-libre na outra.

"Oi, Meliné."

Foi no baile do clube que ouvi pela primeira vez o meu nome na voz dele. Senti a temperatura da boate despencar. Meu corpo petrificou, minha boca, minha fala, qualquer reação que eu ousasse ter. Não percebi ele entrar. Me pegou de surpresa, pulando todas as etapas que eu tinha ensaiado: a troca de olhares, os sorrisos, o joguinho de sedução. Chegou de repente e, como se fôssemos velhos conhecidos, me cumprimentou com dois beijos no rosto sem nem se importar com quem eu estava, minhas primas, claro. A voz grossa, o peito peludo, o jeito de soltar a fumaça.

Eu conhecia o Zohrab, aquele não foi o nosso primeiro encontro. Na verdade, o encontro nem foi assim tão espontâneo, teve um *empurrãozinho* da tia Archaluys, irmã da minha mãe. Um dia essa tia ligou e, depois de conversar longamente com minha mãe, quis falar comigo. Perguntou como eu estava, o que andava fazendo e, por fim, perguntou se eu conhecia o Zohrab. Eu sabia quem ele era, cabelo cheio, bem preto, um nariz majestoso, grandes marcas escuras embaixo dos olhos que me fascinavam, davam a impressão de enxergar longe, bem longe. A maioria das pessoas se conhecia, primo do primo da prima, sobrinho do tio, parente da irmã da tia. Hoje a comunidade é maior, vivem umas quarenta mil pessoas em São Paulo, diferentemente daquela época.

Tia Archaluys disse que os pais dele gostavam de mim, nunca tínhamos trocado mais que um *oizinho*, e ela já tinha combinado com a mãe dele um encontro na quermesse da igreja dali a algumas semanas. Quem sabe dá certo, filhinha, minha tia disse no telefone.

Empurrõezinhos como esse eram comuns, ninguém nem estranhava, e muitos acabavam em *hoscaps*. Quantas vezes não ouvi tia Never, irmã mais velha da minha mãe, contar que uma senhora conhecida da família falou de um rapaz, parente de parente de não sei quem, perfeito para ela. Ainda bem que não era um feioso, tia Never contava rindo. No dia combinado, os pais do noivo foram à casa dela, as famílias conversaram, e minha avó serviu café adoçado com açúcar, sinal de que o noivo fora aceito.

Manhã ensolarada de junho, o pátio do estacionamento da Igreja Católica lotado. Barracas de doces, pesca, toca do coelho, a concorrida barraca dos bordados das senhoras da diretoria, fumaça de espetinhos de kafta. E eu lá no meio cutucando a cutícula, mania esdrúxula que tenho até hoje, olhando no pulso o relógio, a porta lateral da igreja, o portão do estacionamento. Contava também com o olhar vigilante da tia Archaluys, da minha mãe e da minha futura sogra.

Zohrab não apareceu. Desolada, fiz o que normalmente fazia, sim, e que ainda faço. Fui choramingar no ombro de Meguê e das minhas primas, Carmen, Marlene e Susana, uma prima e duas filhas de primas da minha mãe que chamamos de primas. Formávamos um grupinho, um clã inseparável. O que uma fazia, todas faziam, aonde a outra ia, íamos todas. As roupas que usávamos eram parecidas, muitas vezes iguaizinhas, frequentamos a mesma escola, passamos a infância e adolescência juntas e nos casamos na mesma época, todas com netos de imigrantes armênios.

Apesar de todo o trabalho de intermediação da tia Archaluys, da torcida da minha mãe, da minha sogra e das minhas primas, meu pai ficou com um pé atrás para receber o Zohrab. Na verdade, o receio era com o pai dele, militante fanático da causa armênia. O sr. Melkon vivia cantarolando o *Mer Hayrenik* e se dedicava fervorosamente a um partido político. Ele se dedicava muito, mas muito mais do que ao próprio trabalho, era essa a preocupação do meu pai. A declaração de independência da Armênia só veio a acontecer em 1991, quando o país se emancipou da União Soviética. Antes disso, a Armênia se libertou do Império Otomano por apenas dois anos e foi anexada em 1936 como uma das quinze repúblicas do regime soviético. E assim ficou por mais de cinquenta anos. Meu sogro nunca reconheceu a Armênia soviética, por esse motivo vivia entoando o hino nacional. Ele não queria apenas o território livre, seu maior desejo era um dia recuperar a pátria perdida. Passou a vida falando de Zeitun, povoado dos meus avós, como se fosse um paraíso, a terra perfeita, mesmo sem nunca ter pisado os pés lá.

Na noite em que Zohrab jantou nos meus pais, a cisma se desfez rapidinho. Os dois ficaram horas jogando *tavlá* aos gritos de *düses*, *iki alti*, pedindo sorte e duplas de seis cada vez que sacudiam os dados.

"Num rapaz assim é que a gente confia."

O verdadeiro armênio é honesto e trabalhador, os mais velhos diziam, e essa crença ficou como modelo de muitos, do meu pai inclusive. Tanto que depois dessa noite nosso *hoscap* foi marcado. Sim, também tive um, bem diferente da tia Never. Minha mãe organizou um jantar e convidou formalmente a família dele, e nada de oferecer café amargo.

Olhei o pote de açúcar, o copo com a colher dentro, o cinzeiro cheio de bitucas, tocos de cigarros caídos. Não tinha a menor ideia de como apareceram ali.

"Vem, mãe, vamos comer alguma coisa."

Lembro de Aline me estendendo a mão. Do temporal que caía lá fora, o barulho do aguaceiro tentando entrar pelas frestas, portas, vãos das janelas, de pensar se tinha deixado algum buraco aberto, de não ter preparado o almoço. Aline apoiou meu braço no dela, vem, levanta, caminhou comigo até a cozinha e me ajudou a sentar.

Pegou um prato de sobremesa, abriu a gaveta, tirou dois garfos e uma faca de serra. Cortou o doce de queijo que continuava na assadeira. Serviu um pedaço e esticou o garfo na direção da minha boca.

"Prova um pedaço."

Que ideia! Como eu iria digerir aquilo? Fora o cheiro de açúcar queimado revirando meu estômago. Aline desviou o garfo, hum, tá uma delícia, o queixo subindo descendo subindo descendo...

Lembrei de perguntar da ligação que estava encalacrada há dias na minha garganta, motivo de tanto nervosismo, mas não conseguia achar as palavras.

"Quem era o quê?", com o pedaço ainda na boca. "Ah, quem ligou aquele dia, é isso que você quer saber..."

Aline tomou um gole de água, pareceu que tomava um litro, e limpou a boca com o guardanapo de papel que pegou na gaveta atrás de mim.

"Foi a filha dele."

A menina sugeriu marcar um encontro com Aline, queria mostrar os números da situação financeira da fábrica, no vermelho há meses. Mais cedo ou mais tarde eles teriam que decretar falência, foi o que ela disse. A ideia era salvar a casa em que morávamos. O imóvel onde funcionava a fábrica não valia muito, então deveríamos vender a casa o quanto antes e dividir o valor entre as duas famílias. Foi aí que Aline se descontrolou e começou a gritar. A meia-irmã também se exaltou, não esperava que Aline explodisse daquela maneira, e, gritando, ameaçou nos tirar à força. Disse que o pai passou o imóvel para o nome deles. Deu inclusive o endereço do cartório onde o documento estava registrado, Aline podia checar, ver se o que ela falava era verdade ou não.

"Deles quem?"

"Como assim, deles quem?"

"Eu escutei deles..."

Da mulher e dos dois filhos, Aline respondeu, tentando manter a voz controlada. Reforçou que eu não precisava ficar preocupada, ela estava vendo um advogado, iríamos precisar de um, pode ficar tranquila, mãe, repetiu não sei quantas vezes. Como se eu estivesse prestes a ter um ataque histérico ou uma síncope qualquer. Não, não existia essa possibilidade, nenhum risco de convulsão, surto ou algo parecido. Eu estava inerte, nem sei como ainda respirava. Não conseguia entender como é que vivemos tanto tempo juntos. Pode parecer totalmente fora de moda, mas minha ideia de casamento é a de durar para sempre, até que a morte nos separe, o que Deus uniu o homem não separa, e outras coisas mais que falam. Não era assim que Zohrab pensava?

Fotos. Precisava de fotos. Fotografia de casamento, retratos antigos, álbuns de família. Podia ser qualquer coisa que marcasse nossa história de vida juntos, Zohrab estava comigo, não estava? Peguei a escada e remexi a prateleira de cima do armário da salinha onde guardava os álbuns. Nem sei como consegui encaixar tanta coisa naquele armário, álbuns de noivado, casamento, batizado de Aline, meus quinze anos e mais caixas e caixas de fotografias. Levei tudo para o ateliê e, com um pano úmido, limpei e sequei bem sequinho para não ter perigo de mofar. Como é que eu guardei daquele jeito? Entulhados no meio de tanto cacareco, até que aguentaram bem.

Abri o de noivado. A primeira foto dos álbuns era na escada, tinha que ser, imagine se não. Tirada de baixo para cima, num ângulo específico, norma que minha mãe mantinha com rigor absoluto. O pé-direito duplo e a claraboia no teto ampliavam o espaço, dando a impressão, para quem entrava pela primeira vez, de que a casa dos meus pais era bem maior. Era este o efeito que minha mãe queria, ai se o fotógrafo não captasse, o retratado acima de tudo numa casa que parecesse maior do que na realidade era. E para completar as exigências do enquadre, o braço direito deveria estar apoiado no corrimão de metal dourado, sempre muitíssimo reluzente, o queixo apontado para o alto e o peito bem aberto, nem pensar em aparecer com as costas curvadas, era essa a recomendação dela.

Vestido rosa-antigo, a barra na altura dos joelhos, saia rodada com diversas camadas de tule, o tom combinando com a minha pele. Estava linda, parecia uma princesa no topo da escadaria. Forçava os olhos para ver os detalhes, peguei até uma lupa na gaveta, só os óculos não estavam dando conta. Foi aí que notei meu cabelo, que cabelo era aquele? O corte na altura dos ombros seguia uma curva em zigue-zague, atrás virava para dentro e na frente apontava para fora. Horrível! E consegui enxergar aquele monte de pingentes em mim. Lembro das minhas tias disputando meu pescoço, meus dedos, meus braços, girando ao meu redor, amontoadas que nem abelhas. *Traditummmm*, gosto da sonoridade do latim também. Os familiares mais próximos costumavam dar joias de presente, colocando na mesma hora na noiva.

Meu noivado foi impecável. A bênção do padre, o festival de comida, roda de mãos dadas, música armênia, e, claro, muitos *darãssa kezi* repetidos até quase o êxtase. Doces sírios, lembrancinhas, não faltou nada, nem o ritual do amarra-balas. Três semanas antes da festa, minha sogra fez um lanche na casa dela. Chamou as mulheres das duas famílias e, juntas, embrulhamos, em tules transparentes, o cinzeiro de laca vermelha com balas de amêndoa cobertas de açúcar. Daí o nome de *amarra-balas*. Ih, sempre me esqueço, tenho que lembrar de perguntar, Meguê deve saber, não sei onde minhas caixinhas foram parar, não vi mais depois que voltei do hospital.

"ME-LI-NÉ, MEEE-LIII-NÉÉÉÉ."

Pulava cada vez que Aline me chamava, não era uma, eram centenas de vezes. Mas por que gritar, pra que repetir meu nome daquele jeito?

"Você não escuta, não me ouve, não vê."

Minha filha resolveu implicar comigo, não dá, mãe, não dá pra você ficar enfurnada o tempo inteiro aqui dentro, imagine, àquela altura da vida. Não que eu não escutasse, não era isso, é que eu não conseguia pensar em outra coisa a não ser no meu noivado, casamento, eu queria ficar ali, mergulhada no passado.

"Mas, mãe, não dá pra viver nessa bolha pra sempre."

Aline implorava para eu fazer alguma coisa, qualquer coisa, pelo amor de Deus. Pedia para eu me cuidar, que não pulasse as refeições, dormisse na minha cama, aquilo não ia me fazer bem, não ia me fazer nada bem, quantos dias você vai ficar desse jeito. E como eu podia saber? Parecia que tínhamos invertido os papéis de mãe e filha.

Um dia minha irmã apareceu no ateliê. Tinha falado com ela depois que Zohrab saiu, Meguê ligava de manhã, de tarde, de noite, no mínimo umas dez vezes por dia, perguntando como eu estava, se estava bem, queria me ver, precisava muito me ver. Nem sei quanto tempo fiquei sem atender a porta, o telefone, o celular. Pensei em abaixar a cabeça e fingir que não tinha visto, mas não teve como. Levantei e Meguê me abraçou, um abraço demorado. Esperava tudo menos um abraço acolhedor da minha irmã. Meguê é três anos mais velha, se hoje estou com cinquenta e sete, então ela tem sessenta. Sempre calculo minha idade pela dela ou a dela pela minha.

Perguntei como tinha conseguido entrar.

"Aline me deixou a chave, disse que não dá pra escutar a campainha daqui. E pelo visto não dá pra escutar o telefone também, né?", voltando a ser a Meguê de sempre. "E você, como você tá?"

Eu vestia um moletom grande bem surrado e leggings que não estavam em melhor estado. A raiz do meu cabelo já pedia um retoque da tintura, não via shampoo nem escova há dias, banho nem tomava mais, eu, que costumava entrar no chuveiro no mínimo duas vezes, uma de manhã e outra à noite antes de dormir. E meu rosto, então, estava péssimo. Minha pele tinha sido atacada por placas vermelhas por não cuidar da rosácea, que resolvia dar o ar da graça quando meus hormônios subiam ou despencavam. Antes mesmo que Meguê tivesse tempo e pudesse tocar no assunto *Zohrab,* me acomodei no chão, sentando numa das almofadas. Peguei o álbum de casamento, pomposo, capa de couro cor de vinho do Porto, os nomes gravados em baixo-relevo dourado na lateral direita, e comecei a olhar. Meguê percebeu que eu não estava disposta a nenhum tipo de conversa, monólogo e muito menos sermão.

"É daqui direto pra massagista, é isso?"

Apontei para a poltrona encostada na parede. Meguê olhou a poltrona, olhou as almofadas, suspirou umas trezentas vezes e sentou perto de mim. Perguntou de novo como eu estava, repeti que estava bem, só preciso fazer umas arrumações, eu disse, logo me arrependendo por ter usado essa palavra. Ela se virou para os lados, olhou para fora:

"É, arrumação é o que não falta, é só começar."

Fiz que não ouvi. Por muitos anos Meguê falou do meu casamento. Não, não era para eu me separar, longe disso, ela vivia me aconselhando a cuidar melhor dele. A lista dela era enorme: eu devia me dedicar à casa, ao marido, arrumar a mesa com talheres de prata, guardanapos de pano, por que não usa o noritake, copos de cristal, jogo americano de linho, sem nunca esquecer de variar, marido não gosta de rotina, você sabe, né, manter a casa florida e, o mais importante, limpa. Teve um dia que ela perguntou se a faxineira que vinha era boa, imagino que tenha indicado a dela. Como minha casa estava? Não gosto nem de lembrar. Parecia virada do avesso. Dispensei a diarista e arrumava o que me incomodava, na verdade fazia o mínimo do mínimo. Louças usadas se acumulavam na bancada da cozinha, dentro da pia não cabia nem mais uma colherzinha, pó pela casa inteira, o chão grudento colava na sola do chinelo, impossível abrir a porta da máquina de lavar de tanta roupa espalhada pela lavanderia, lixeiras cheias e sem sacos de lixo, um caos. E meu jardim sempre tão cuidadinho, sempre muito querido, estava coberto de folhas secas e sementes podres.

"O que é isso, abriu o baú, é? Tem gente aqui que não vejo há anos... olha o tio Vahan, que elegância... e a Ani, meu Deus, como era bonita e como ficou..."

Não era só o aspecto da casa que contava, a aparência era importantíssima. Para isso Meguê puxava outra lista: eu deveria cuidar melhor das minhas roupas, me preocupar em como me apresentava, como era vista. Elogiava várias vezes quando eu saía do cabeleireiro com o cabelo escovado ou usando um esmalte que ela gostasse.

De repente Meguê chegou mais perto, tirou o álbum da minha mão, arrancou meus óculos e berrou horrorizada: "Meu Deus, olha só isso," apontando para o vestido na foto, "estou ridícula, ridícula nesse tomara que caia, olha isso, eu pareço um embrulho de presente." Um laço grande em três tons de lilás, provavelmente para disfarçar a barriga de oito meses de gravidez, e um xale enorme nos braços completavam o volumoso traje. Mas o detalhe que mais impressionou e fez Meguê berrar ainda mais foi o arranjo de plumas e tules no cabelo com outros tons de lilás.

"Não tem cabimento, olha isso na minha cabeça, o que é isso? Um catálogo de tinta ambulante? Isso aqui é uma vergonha, uma vergonha, fui assim no casamento da minha irmã? Que vergonha!"

Parecia que ia ter um treco.

Passado o chilique, Meguê levantou reclamando das costas e saiu. Achei que tivesse falado alguma coisa que não devia ou feito alguma coisa que ela não tivesse gostado, desde pequena me martirizava com essas ideias. Minha mãe sempre falava que eu não fazia as coisas direito, vai casar como se nem ovo sabe fritar, ela dizia, nada estava bom, tudo era pouco ou mal feito.

Aos domingos a família se reunia para almoçar, iam revezando, cada semana na casa de um tio. Quando o almoço era na casa dos meus pais, os preparativos começavam logo na segunda-feira. Eu e Meguê éramos intimadas a ajudar, as lições ficavam em segundo plano. A grande preocupação da minha mãe era o cardápio, que ela repetia como se fosse um mantra: coalhada seca com folhas frescas de hortelã, torradas de pão sírio, frutas secas, queijos, quibe cru com cebola e salsinha, quibe frito recheado com nozes, *sarmá*, *dolmá*, *mantá*, *pilav* com frango, grão-de-bico e pinoli, esfiha de queijo, esfiha de carne, será que é suficiente, faço mais alguma coisa, e sem esperar resposta encomendava o *bastermá* da *digin* Hatun.

Nossa tarefa era enrolar o *sarmá*. Minha mãe cozinhava o recheio, eu e Meguê embrulhávamos nas folhas de uva, se encontrasse frescas na feira, ou em folhas de couve, moldando todos no formato de charutinhos. Ela fazia questão de que todos saíssem iguais. Vistoriava um por um, selecionava os ruins, o que estava torto, o que ficava grosso, mal fechado. Meguê se saía bem, eu sempre precisava refazer. O pior é que Meguê se mantinha ao lado da minha mãe, fiscalizando também.

Teve um dia que arrisquei. Pedi para abrir as berinjelas em vez de enrolar os charutos e achei que tivesse arrasado. Os *dolmás* estavam perfeitos, minha mãe não disfarçou a surpresa, sem cavoucar demais, sem deixar a casca fina, o arroz na medida certa. Mas com o calor eles abriram, estraguei não sei quantas berinjelas, um desastre. Imagine o quanto as duas não chiaram. Eram dias tensos. E minha mãe só relaxava quando arrumava as travessas na mesa, enchia os pratos dos convidados até eles implorarem, *yeter,* cunhada, chega. Aí ela ficava satisfeita, precisava ver como ela ficava satisfeita.

Pensei em ir atrás da Meguê, mas não consegui me levantar. Fiquei olhando a foto da minha mãe no altar, hipnotizada com o sorriso dela. Que sorriso era aquele. Não era um risinho chocho, nem um diga *xis*, minha mãe sorria com vontade.

Virrr-gííí-niii-aaa, era assim que ela respondia quando pessoas de fora da colônia perguntavam seu nome. Na verdade, era Vergin, mas qualquer piadinha suspeita deixava minha mãe furiosa, daí ela esticar tanto os R, I e A. E dá pra acreditar que Aline andava alongando as sílabas do meu nome igual à minha mãe? E não foi só o dela que mudou: a prima Baidzar virou Clara, vários nomes adotaram formas abrasileiradas, o tio Hovsep virou José. Outros trocaram por invencionices, Anita em vez de Areknaze, ou erros no cartório na hora de transcrever os caracteres armênios.

Na certidão de nascimento, o nome do meu pai saiu com a última letra cortada e virou Kevor. Mas ele falava Kevork, sem chegar aos pés do Virrrgíííniiiaaa da minha mãe, claro.

Meu pai, quando teimava...

Ele e os quatro irmãos montaram uma fábrica de calçados, assim como meu avô e muitos armênios. Tempos depois os irmãos se separaram, como muitos armênios também, e cada um estabeleceu seu próprio negócio com os filhos. Um continuou com a fábrica, outro foi para o comércio, e meu pai, que não teve herdeiros homens, vendeu a parte dele aos irmãos e parou de trabalhar. Até aí tudo certo, ele ocupava as tardes com torneios de carteado, *tavlã*, combinava de ir aqui ali com os amigos. O problema é que ele não soube lidar com o dinheiro que recebeu. Não aplicou, não reservou, não guardou para a aposentadoria nem se preocupou em pagar um convênio médico. Cuidou mal do dinheiro, tão mal que quase não deu para bancar o hospital quando adoeceu. Ele, que já não era de falar, muito menos de ouvir, emudeceu por completo. Nem precisava, dona Vergin falava pelos dois. Ligeirinha, parecia que minha mãe estava sempre com pressa. Acordava cedo e saía do quarto vestida como se já fosse sair, com batom, blush e cabelo arrumado. Se não tivesse atividade, logo tratava de inventar alguma. Acho que nunca vi minha mãe de penhoar tomando o café sossegada, nem aos domingos sem os almoços de família.

"Cara lavada nem dentro de casa", como ela gostava de repetir essa frase. Devia evocar algum espírito, entidade ou algo do tipo. Em Meguê também, aposto.

Quando ia na minha mãe eu gastava horas me arrumando. Carregava na sombra, conferia se minha roupa não estava amarrotada, prendia as laterais do cabelo, escolhia bijuterias vistosas. Se estava bem, nos moldes da dona Vergin, ela perguntava da minha blusa ou fazia um comentário qualquer sobre os brincos. Isso já bastava para eu me sentir imensamente valorizada, esse era o jeito da minha mãe. Verbalizar o elogio, não, não existia nada assim no seu vocabulário. Mas, se fosse o contrário, se algo não agradava, ela ficava sisuda a maior parte do tempo e só na porta, de saída, perguntava se eu estava com algum problema. Parece doente, daqui a pouco vai ser só pele e osso, ela falava. Eu nem estava tão magra como agora. Cuidado, hein, desse jeito não vai sobrar nada, soava assustador. Não era aceito nenhum tipo de desleixo, desordem, feiura, nada que pudesse apontar sinal de abatimento ou desânimo. Quantas vezes ouvi da minha mãe que mulher tem que estar sempre bem, disposta, ou pelo menos parecer que estava. Nada de tristeza, depressão então nem pensar. Era esse o modelo de mulher da minha mãe, a guardiã da família, mãe e esposa, que deveríamos seguir. E, claro, era esse o motivo do seu sorriso na foto. A filha mais velha casada, o segundo neto a caminho, a outra filha casando, as duas com netos de armênios, sim, minha mãe parecia realizada, muito realizada.

Meguê voltou depois de algum tempo carregando uma bandeja com sanduíches, guardanapos, xicrinhas. Olha isso, achei esse *cezve* na cozinha, parece até que nunca foi usado, disse empolgada. Eu não fazia café com pó há anos, nem lembrava mais daquele bule de cobre.

"Não acredito, Meliné, em casa é só café turco, faço no bule de alumínio, desses que vendem em supermercado. Comprei uma máquina de café com essas cápsulas descartáveis, mas não é igual, né, nada substitui um bom café turco."

Meguê apoiou a bandeja na mesa, "Você ainda sabe como fazer, não sabe? Espera a água ferver, adiciona o pó e espera levantar fervura três vezes, tira rápido o bule do fogão senão escorre, disso você lembra, né, deixa o pó assentar e serve".

Lembrei das leituras de xícara da tia Berjuí, cunhada da irmã do meu pai, mesmo não sendo parente chamávamos de tia. Na hora de servir o café, íamos nos aproximando dela, assim como quem não quer nada, e virávamos a xícara para o resto de pó que sobrava no fundo escorrer pela lateral. Ela nunca negava esse lugar de oráculo, acho que até gostava quando a rodeávamos cheias de interesse. Não lembro exatamente o que tia Berjuí falava, mas lembro que ela via noivo, casamento, viagens. As leituras eram todas parecidas, e quem se importava? Gostávamos mesmo era do ritual, das previsões otimistas, das frases carregadas de acento.

"Vejo muita sorte aqui, *yavroum*", sempre com um *yavroum* no final.

É curioso como essas coisas acontecem. Adriné, a filha mais velha da Carmen, anda lendo xícara. Antigamente só senhoras bem senhorinhas faziam previsões na borra do café, algumas levavam o ritual tão a sério que começavam a leitura com uma oração. Pedi já tantas vezes, puxa vida, sexta não vai dar, tia, pode ser na outra? Adriné anda com a agenda cheia, tem sido muito procurada, convidada até para eventos não ligados à adivinhação. Mas semana que vem vai dar certo, ela prometeu, vou convidar minhas primas para um café aqui em casa.

Acho curioso meninas novinhas se interessarem, mas não fiquei nem um pouco surpresa de saber que a filha mais velha da Carmen é que tinha puxado esse talento. Das cinco do nosso clázinho, Carmen era a mais ligada às tradições e permanece até hoje. Casou com Barkev, que apelidamos de *Importado* por conta do sotaque e dos costumes da família, e vivem como se estivessem em Marash. Apesar de hoje a cidade se chamar Kahramanmaraş, muitos ainda a conhecem como Marash. Em casa falam tanto armênio como turco, e é Carmen que prepara a comida. Difícil saber a origem dos pratos, armênios, turcos, curdos, gregos e judeus conviveram juntos por séculos. Criou os filhos Adriné, Noyemi, Lussin, Seta e Raffi sem babá, sem motorista e sem nenhum ajudante nem para trazer as crianças da escola atrás da Igreja Apostólica. Também fiz o primário no Externato José Bonifácio, Hay Azkayin Turian Varjaran, se preferir usar o nome armênio da escola. Muitas famílias acham trabalhoso se deslocarem até o Centro, enfrentar trânsito, a distância, com exceção de Carmen, que nunca se importou de cruzar a cidade para levar e depois buscar as crianças. Bastante atuante na comunidade, ela é a responsável pelo departamento cultural do clube, pelas atividades de dança e pelas aulas de armênio. Acho que todo esse entusiasmo dela passou para os filhos. Existem, mesmo sendo pouco numerosas, trinta entidades armênias em São Paulo, e os cinco são vistos com frequência circulando em várias delas.

Em um almoço no clube, anos atrás, notei o quanto Carmen estava parecida com a sogra. Mais encorpada, como as mulheres da geração da minha mãe, o cabelo preso num coque baixo, batom vermelho e na companhia da sempre presente dona Chaké. Conversei um pouco, ou melhor, tentei, pois mesmo depois de ter explicado que sabia poucas palavras em armênio, dona Chaké continuou a falar como se eu estivesse entendendo tudo. Minhas avós e muitas mulheres da geração delas nunca aprenderam outro idioma a não ser o armênio ou o turco. Algumas não fizeram o menor esforço, talvez não quisessem abandonar a língua materna, ou pensavam em um dia voltar, não sei. A sogra da Carmen era da geração seguinte, teve dificuldade, se comunicava razoavelmente, mas fazia questão de só falar armênio. A não ser quando queria se fazer entendida.

"Não vejo sua filha, traz mais ela aqui, filhinha", aí dona Chaké se expressava muito bem.

No tempinho em que a sogra não estava por perto, sentávamos na lanchonete. Carmen pedia esfihas de carne, eu pedia de queijo, partilhávamos porções de coalhada seca, *homus* e *babaganush* com torradas de pão sírio. Enquanto as esfihas assavam, falávamos de filhos, maridos, comentávamos a vida dos conhecidos, e eu já sabia o que ia vir.

"Por onde Aline tem andado, seria tão bom se ela convivesse com outros jovens, se fizesse parte", não lembro agora o nome, "do grupo de jovens da diáspora."

Eu não ligava muito para esses conselhos, achava a ideia de conhecer jovens de outros países até interessante, mas não para Aline, novinha ainda. Na verdade, nunca incentivei minha filha a frequentar clubes, grupos, intercâmbio, viagens. Acampamentos então, nem pensar.

Carmen dizia que eu não estava trazendo minha filha para a comunidade e depois podia me arrepender.

"Nós tivemos o modelo dos nossos avós, dos nossos pais, da nossa família, por que não continuar passando aos nossos filhos? Fomos criadas assim, você tem que ensinar Aline a fazer parte disso também."

Se você se distanciar, o sentimento de armenidade que nos une se perde, e depois, o que vai ser da Aline, perguntava Carmen. Nossos antepassados sacrificaram a vida, morreram para que pudéssemos viver, ela prosseguia. Não tinha como não reconhecer todo o sofrimento que a geração dos meus avós passou, todo o esforço que fizeram, a tragédia que viveram e a luta para continuarem vivos. Eu sempre estou presente nas rememorações, nas festas, na igreja, precisava levar minha filha?

Aline tem uma origem, uma educação parecida com a dos outros jovens, o casamento tem mais chance de dar certo, já pensou nisso? As meninas que adiam demais deixam os rapazes livres para casarem com não armênias, afetando a todos nós, insistia Carmen. E isso é um desastre. Eu sei, eu sei, eu respondia. E logo me empenhava em mudar de assunto. Mas o pior é que eu saía dessas conversas péssima, me sentindo culpada, como se estivesse falhando com Aline, com meus avós, meus pais, com todos eles.

Nem tínhamos terminado o lanche e Meguê olhou aflita o celular. Disse que precisava passar no supermercado e, como eu soube depois, fazer as minhas compras.

"Não se preocupe, Meliné."

E eu era de me preocupar?

Minha irmã cumpre o papel de esposa e mãe de forma perfeita. Casada com Varujan há trinta e cinco anos, teve quatro filhos, dois deles casados com netos de armênios, e é avó de duas meninas e três meninos, por enquanto. O apartamento de Meguê é impecável, nada nunca está fora do lugar, ela cozinha maravilhosamente, inclusive pratos trabalhosos, e está sempre alinhadíssima. Corre o dia inteiro atrás das coisas do marido, dos filhos e netos e uma ou duas vezes por semana participa das reuniões da diretoria das senhoras da Igreja Apostólica, onde organizam bingos, almoços, desfiles. Minha mãe também participava ativamente dessa entidade.

"Mas, Meguê, eu não herdei essa vocação", era o que eu respondia quando a cobrança aumentava.

Claro que fui a uma e outra reunião, quem é que consegue discordar. Não que eu não quisesse participar, não era isso, na verdade eu sonhava com outros projetos. Sempre gostei de desenhar, pintar. Na época eu fazia uma oficina de pintura e frequentava aulas de desenho de observação no ateliê de um artista plástico. Animada, descrevi meus cursos, meus colegas de turma, professores.

"É bom pra ocupar as tardes, mas não dá pra levar a sério, né? Você acha que alguém vai olhar seus desenhos, acha que alguém vai se interessar por essas coisas?" Dizia que eu estava ficando dispersa, mais dispersa ainda, o que eu fazia quando não estava com ela. Agora vem com esse papo de que nunca pode, não vai ficar aí desperdiçando suas tardes, vai? E repetia a história de casa arrumada, esposa perfumada, o Zohrab não reclama, imagine chegar em casa depois do marido, mesmo que estivéssemos juntas na casa da minha mãe.

"O que nós fazemos não é passatempo, Meliné, ajudamos creches, asilos, escolas, principalmente na Armênia. Eles viveram tanta tragédia, precisamos ajudar, você não acha? É assim que conseguimos devolver um pouco do que nos foi tirado e voltar à nossa pátria. Quer um trabalho mais gratificante que esse?"

Escutar Meguê fazia meu interesse por arte parecer pouco, sem importância.

Ela sempre deixava em casa os convites do que organizava e também do que não organizava. Não podia nem pensar em não ir, não imagino o que ela faria, ou melhor, imagino sim. Uma vez coincidiram o aniversário de uma amiguinha de escola da Aline e um almoço da igreja. A ideia era passar nos dois, primeiro na festa, que começava mais cedo. Buffet infantil, brincadeiras, showzinho. Aline não quis ir embora, e acabou não dando tempo de ir no almoço. Meguê ficou ofendidíssima, como se eu não estivesse nem aí para as atividades dela e, não sei o que era pior, nem aí para as atividades da igreja. Liguei várias vezes, me desculpei, ainda assim demorou semanas para ela aceitar minhas desculpas, se é que aceitou. Por isso sempre penso umas vinte vezes antes de faltar a seja lá o que devo ir.

"Vai dar tudo certo, viu?"

Meguê se levantou e, antes mesmo que eu ficasse de pé, já tinha saído.

Sua tonta, falo pra mim. E falo mais alto pra ver se assim entra na cabeça: na minha cara. E não percebi. Não percebi nós duas ali juntinhas, no ateliê, Aline comigo, a voz no meu ouvido, bem perto, perto mesmo, um amor de filha.

Não é que eu não percebi, é que isso tudo que sei agora na época eu não sabia, não fazia ideia. E não é que ficássemos o tempo todo daquele jeito, não, tínhamos algumas sérias diferenças.

"Me fala, mãe, elas eram obrigadas a usar essas cores? Não podiam escolher outra? Mentira... elas não podiam escolher outra cor?"

Aline perguntou isso zilhões de vezes, parecia até provocação. E perguntou apontando para uma das fotos de que eu mais gostava: Carmen e Marlene de um lado, Meguê e Susana de outro, as quatro com vestidos em tons dégradé e eu no meio num branquíssimo com bordados que desciam do peito até a barra. Confesso que as provas da costura não foram muito agradáveis. Na verdade, não foram nada agradáveis, e esse decote torto, não, está é aberto demais. Mãe, sogra e Meguê criticaram sem parar, olha esse peito, parece caído. As três achavam defeito em tudo, eu não abria a boca, e mesmo se tivesse tentado não teria tido a mínima chance. O vestido era presente da família do noivo, era esse o costume, hoje não mais uma obrigação dos pais do noivo. E essa cintura que parece um barril, eu me segurava para não abrir o berreiro lá na costureira. Mas valeu, fiquei perfeita de noiva, a coroa suntuosa de brilhos, a grinalda, o véu ocupando boa parte da nave.

Casei na Igreja Apostólica. O templo cinza na avenida Santos Dumont estava repleto de caras conhecidas. Cruzar aquela nave, ah, que desafio. Fixei os olhos no Zohrab, elegante no meio-fraque com o cravo vermelho na lapela. Cabelo cortado curto, suando, como ele suou, achei até que fosse ter um troço. Rosas e mosquitinhos decoravam o interior. Escolhemos tudo branco para não disputar com as pinturas, os vitrais coloridos, as paredes de arabescos, linhas, flores, sim, a decoração é um pouco carregada, mas te envolve de um jeito, é linda. Inspirada na

Catedral de Etchmiadzin, essa igreja é um espaço importante para os armênios. E não só como um lugar de reza, ela nos acolhe como uma mãe sempre de braços abertos, assim meu sogro descrevia a Igreja São Jorge. Meu pai também foi um frequentador assíduo, mas o aferro do meu sogro ultrapassava todos os fanatismos. Nem pensar em casar na Católica ou numa das Evangélicas, todas próximas do monumento aos mártires do lado da estação Armênia do metrô.

As missas eram todas cantadas e rezadas em *grabar*, o armênio clássico. Não entendo uma palavra. No ensaio, uma semana antes da cerimônia, o bispo avisou que faria um sinal no momento de participarmos, foi o que me salvou, assim que ele olhou e baixou a cabeça respondi baixinho: "*Ayo.*"

Em seguida Zohrab respondeu: "*Ayo*".

Disso eu me lembro muito bem.

Nos cumprimentamos com lágrimas, beijos no rosto dos pais, sogros, irmãos, cunhados, cunhadas, alívio por tudo dar certo. Na saída, tentando nos proteger da chuva de arroz e pétalas de rosas, entramos correndo no carro, correndo é modo de falar, imagina se dava para correr com todo aquele vestido.

Triunfal, sim, é essa a palavra que me vem quando lembro da foto, eu e Zohrab na janela do Landau vermelho, sorrindo e acenando como se fôssemos duas celebridades. O Galaxie Landau era o grande xodó do meu pai. Bancos de vinil bege, filetes cromados nas portas, câmbio no volante. Foi difícil o senhor Kevork se desfazer dele. Só vendeu depois que o mecânico aconselhou que não valia mais conserto e que cansou das reclamações da minha mãe para tirar aquela *banheira* lá da garagem.

Uma vez visitei uma exposição de fotografias, acho que foi ano passado ou retrasado. A artista usava recortes, objetos, colagens, o que tivesse na mão, e modificava as imagens originais. Não só isso, ela simplesmente mudava as cenas tradicionais de casamento. Fiquei tão incomodada que nem consegui ficar muito tempo na galeria. Como a artista ousava brincar daquele jeito? E como teve coragem de deformar um casal? Tinha uma imagem que me marcou muito, ainda vejo os detalhes, a noiva com a cabeça abaixada, o noivo com o rosto encoberto, os dois recebendo uma forte chuva de arroz. Mas a quantidade de arroz era tão grande que os grãos quase encobriam o retrato inteiro, deixando só um tiquinho dos corpos de fora. Tive que sair rápido, não aguentei a sensação de esmagamento que experimentei olhando aquelas fotos.

Na fachada da galeria a artista tinha pintado os nomes das comemorações de aniversário de casamento, desde as bodas de papel, de um ano, até as de jequitibá, de cem. Na época, calculei a idade do meu: vinte e nove anos. Bem que podiam ser bodas de hematita ou pérola, que soam mais agradáveis, mais fáceis de associar. Mas vinte e nove correspondem a bodas de erva. *Bodas de erva.* Ainda hoje, quando tento buscar o nome de alguma planta, e são tantas e tão variadas, nunca me vem nenhuma. A não ser erva daninha.

Olho o meu jardim. E pensar que larguei daquele jeito, nem era mais um jardim, tinha virado um matagal. Era carrapicho, vegetação rasteira para tudo que é lado, folhas mortas encardidas, uma sujeira. Antes, sempre que plantas indesejadas apareciam, eu mesma arrancava ou ligava para o jardineiro vir depressa tirar as peçonhentas que começavam a infestar meu gramado.

Acredita que esqueci do três em um que ficava encostado na parede do ateliê? Era antiguinho, mas funcionava. Adorava desenhar ouvindo os CDs do Roberto Carlos, dos Beatles, do Chico, que ficavam empilhados ao lado do aparelho. Sireli logo abanava o rabo quando eu escolhia um disco e apertava o play. Mas, naqueles dias enfurnada no ateliê, nem música conseguia ouvir, sem energia elétrica ia ligar o aparelho como? Troquei a lâmpada, dei uma olhada na caixa de força, olhei o fusível, não fazia a menor ideia do que podia ser, era o Zohrab que cuidava dessas coisas, eu que não ia chamar o eletricista. Resolvi deixar do jeito que estava.

O CD do Tchaikovsky também estava na pilha. A valsa fui eu que escolhi, fiz questão, e escolhi uma que adoro, a "Valse des fleurs". Que lindos, até elogio a foto recebeu da minha filha. Lembro da mão dele me segurando, dos rodopios na pista, dos olhares admirados. Lindos mesmo, concordei com Aline. Treinamos muito para aquele momento, sim, teve um treininho. Zohrab jantava na casa dos meus pais sexta, sábado e domingo, e depois da refeição cumpríamos rigorosamente um ritual, eu colocava sapatos de salto e ensaiávamos. Teve até uma vez que encostamos os móveis nas paredes, enrolamos o tapete, pus um longo, Zohrab botou terno e, com o toca-discos no volume máximo, giramos por horas. Em todas as festas, era só começar a valsa que Zohrab logo levantava, arqueava as sobrancelhas e indicava a pista. Então me fala, como é que eu ia imaginar que existia outra mulher? Mulher, filhos, família?

Depois daquela conversa, se é que foi uma conversa, ou melhor, depois que Zohrab saiu de casa, fiquei vários dias sem ter notícias dele. Não ligou, não veio pegar roupa nem nada. Pensei até que pudesse estar constrangido, sem graça de ligar, nem sei, então resolvi mandar uma mensagem. Demorei séculos escrevendo, *oi, Zohrab, sou eu.* Apaguei, cortei, corrigi aqui e ali, *queria saber se está tudo bem com você.* Até que fiquei satisfeita com o textinho, *eu estou bem, e você? pode vir o dia que quiser, avisa antes que eu preparo o quibe cru que você gosta. Um beijo.* Escrevi também que sentia falta dele, dos nossos bons momentos, que estava com saudade e não via a hora de voltar. Com certeza aquilo tudo não passava de crise, uma crise passageira, eu nem estava levando muito a sério, logo, logo aquilo tudo ia acabar. Não mandei e apaguei rápido o que tinha escrito.

Agora, inesquecível mesmo foi a apresentação do conjunto armênio. Meu pai contratou, não lembro o nome, um conjunto da Argentina que veio especialmente tocar na festa. Foi só a banda aparecer no palco para os convidados levantarem batendo palmas, formando uma grande roda na pista. Eu e Zohrab no meio, ele balançando um lenço branco no alto, eu girando as mãos com os braços estendidos. E todos muito, mas muito animados, cantamos juntos:

Karoun, karoun, karoun eh.
Sirun, sirun, sirun eh.
Ed ko sev sev acherov,
Yar jan ints tun ayroum es.

"Nossa, não sabia que você cantava em armênio."

Não consegui definir se a expressão estranha no rosto de Aline era de preocupação ou divertimento. Nem perguntei, apontei para o álbum. Mostrei também a fotografia do meu sogro tocando *duduk* no meio dos músicos, os convidados mais uma vez extasiados, até os músicos pararam de tocar, admirados com a apresentação do meu sogro. Sim, meu casamento foi um grande acontecimento, grandioso mesmo. As duas famílias, tanto a do Zohrab quanto a minha, faziam questão de se apresentarem bem. E ainda hoje me pego cantando, às vezes aos berros, nem ligo: *Karoun, karoun, karoun eh...*

Nem sei de quem foi a ideia, se partiu da Susana ou se um dos filhos sugeriu montar um restaurante de comida armênia. Alugaram um ponto comercial no bairro do Limão, perto de onde moram, e mudaram a cara toda do sobradinho. Pintaram de azul a porta, as esquadrias de amarelo, o telhado de verde. Espalharam vasos com flores do campo na floreira, nas janelas cortinas de algodão patchwork. O resultado lembrava demais uma pintura do Volpi. Dentro, umas poucas mesas pintadas de branco, toalhas de chita com traços de desenho infantil, cadeiras coloridas e louça branca simples. O Vila Sus funcionava do meio-dia às três. Susana cuidava da cozinha e os filhos ajudavam, um nas compras, outro no estoque, o mais novo na parte financeira, e todos serviam.

Vila Sus, não paro de pensar no nome.

Ouvíamos muito a mãe dela chamar: Susaaannnnn, prolongando o N na correta entonação armênia. E de tanto ouvir vivíamos imitando: Susaannn, Susaannn, Susaannn, até não poder mais. Ou então era *Sus,* e era *Sus* o tempo inteiro. E, se ela respondia, nós logo alterávamos a voz para um tom seco, *sus getir,* que cansávamos de escutar quando nossas mães ficavam bravas.

Éramos bem próximas. Caçulinhas da turma, nos casamos no mesmo ano, Susana alguns meses antes. Pela proximidade das datas, organizamos tudo juntas, e o que não vimos juntas tentávamos descobrir o da outra para fazer igual. Se a mãe dela escolhia convite off-white a minha também escolhia, se ela preferia um tipo de caligrafia, decidíamos pela mesma. A família dela escolheu o Buffet Torres, minha festa foi lá também. Normalmente existia uma hierarquia nas famílias, cunhada, irmã, prima mais velha tinham prioridade, em tudo, eram elas que decidiam, mandavam, e as outras seguiam. Em tempos bem antigos, Aline leu em algum lugar, nem sabe se é lenda ou não, a quantidade de colheres indicava o número de moradores na casa. Uma colher nova era nascimento, uma colher a menos, morte. Uma casa podia ter muitas colheres, mas somente uma concha, só um mandava.

Nossas mães eram primas, minha mãe um pouco mais nova, e desde pequenas as duas se espelhavam correndo atrás das mais velhas. O ponto alto dessa competição foram nossas mostras de enxoval. Minha mãe arrumou lençóis e lingerie nos quartos, toalhas de banho nos banheiros, toalhas de mesa rendadas nas mesas, panos de cozinha pintados na cozinha. E o jogo de camisola de seda branco com laços, rendas e bordados, o *especial* da noite de núpcias, na cama de casal. Era costume apresentar o enxoval da noiva como se estivesse exposto numa loja. Espalhados pelos ambientes: pétalas de flores, essência de rosas, balas de amêndoa. Não, na verdade não parecia uma loja, era como se estivéssemos visitando uma mostra de decoração. Salgadinhos, tortas e doces esperavam as convidadas no final da jornada, e tia Archaluys, sim, sempre ela, encabeçava o "Shnorhavor" animadíssima, puxando as outras para cantar junto com ela. Adivinha, na casa da Susana foi igualzinho.

Organizar um enxoval era trabalhoso. Minha mãe começou quando eu e Meguê éramos crianças. As peças ficavam trancadas em um baú de madeira no quarto dos meus pais. Nem sei onde minha mãe escondia a chave, não podíamos dar nem uma olhadinha, usar, então, só casadas. Tanto suspense, tanta espera. No dia em que estreei uma das camisolas, Zohrab arregalou os olhos e começou a rir, ele até chorou de tanto rir. Disse que eu parecia uma freira saída de uma ordem monástica vestida com um hábito dois números maior que o meu tamanho. Nunca mais tive coragem de usar. Embalei as camisolas em celofane azul e guardei para Aline, assim como minha mãe e Meguê fizeram.

Essas coisas passam, dá só uma olhada na Susana, ela encarnou a tia Vartanoush sem tirar nem pôr, Meguê disse um dia desses. Anda, fala, cozinha, preocupadíssima com o que comemos, se comemos, o que vamos comer. Igual à mãe dela, que não podia ver ninguém sem logo oferecer uma gulodice. É, puxa, até a Susana reconheceu. Mas, diferentemente da mãe e das receitas originais que precisavam enfrentar os rigorosos invernos do Cáucaso, alguns pratos que ela prepara levam pouca gordura.

Agora, imagina o que a Susana não fez quando fiquei internada. Empanturrou a todas, menos a paciente aqui, na dieta líquida, com quilos e quilos de esfihas, *boereg*, *sarmás*, *mantás*...

Não gosto nem de lembrar.

Fui fazer exames e acabei ficando no hospital: câncer no estômago. Eu poderia ser mais cuidadosa, ir devagar e não usar essa odiosa palavra, *odiosa* é até pouco, mas faria alguma diferença? O nome é o mais leve de toda essa história, ou o mais pesado, não sei, só sei que foi um câncer terrivelmente invasivo. Fui internada com um tumor que atrapalhava a passagem do alimento, daí toda a minha fraqueza. Tiveram que primeiro tratar a anemia, aumentar minha imunidade, recuperar um pouco do peso que perdi. Depois fiz algumas sessões de quimioterapia para reduzir o tamanho do nódulo, bem-sucedidas, foi o que o médico disse, e a cirurgia foi marcada. Correu tudo bem, operação com bom resultado, carcinoma cem por cento extirpado, mais palavras do médico. Pronta para sair, esperando a liberação da alta, tive uma recaída violenta. Fui transferida para a UTI com quadro de infecção hospitalar. Aí tive que receber uma carga pesadíssima de antibióticos. Ainda internada, comecei uma nova batelada de químio que poderia ter feito fora do hospital se não fosse a infecção. E depois das aplicações de quimioterapia, depois da cirurgia, da UTI e da infecção hospitalar, o médico enfim me liberou para ir para casa.

No dia em que eu e Meguê almoçamos no Vila Sus, esperamos na mesa um bocado de tempo. Quando diminuiu o movimento e Susana saiu da cozinha quase não a reconheci. Rosto vermelho, inchado do calor do fogão, sem maquiagem nenhuma. Cabelos curtos sem viço, num corte esquisito na altura do queixo, as costas arqueadas. Tinha ganhado peso, concentrado na região do abdômen, o corpo achatado sem forma definida. Diminuída a vermelhidão, ficou evidente o quanto ela parecia envelhecida. Susana chamou os filhos, precisava de ajuda para levar os pratos, eram muitos, uma bandeja só não dava. Tiramos as garrafas e os copos para abrir espaço na mesa, e ainda assim não parava de vir coisa da cozinha: quibe cru com *rãimá*, quibe assado, *mantã*, *kebab*, esfiha, coalhada fresca, coalhada seca, *homus*, *babaganush,* rosca de gergelim, nem sei mais, era comida que não acabava.

E ela ficou satisfeita?

"Se soubesse que vocês vinham, eu teria preparado um *herissé*," Susana disse, "a cara não é das mais convidativas, ele nem tá no cardápio." Demorei anos para experimentar, a gordura não me cai bem. "Ah, mas você precisa comer o *meu herissé*," Susana explicou que mistura azeite, em vez da manteiga, com o trigo e a carne desfiada, "fica ótimo, vou fazer e te mando".

E gritou para o filho:

"Rui, traz aquela garrafa de Arak que está no armário."

Meguê logo falou:

"Não traz não, Rui, quem é que vai beber?"

"Um gole só, precisamos brindar."

"Melhor não," Meguê respondeu e, antes mesmo que eu pudesse raciocinar, "daqui a pouco já vamos e ainda tenho que buscar meu neto na escola."

Susana deu de ombros.

E, me encarando, disse: "Fica, Meliné, um dos meninos te dá carona".

"Tá", respondi e nem ousei me virar.

Nos víamos pouco, Susana morava no Imirim, perto da família do marido, e eu em Pinheiros. Recém-casadas, até nos encontrávamos, mas depois foi ficando difícil. Trânsito, horários, cada uma correndo com suas coisas. Na verdade, era ela quem corria. Bastante requisitada pelo marido, pelos filhos e pelos sogros, que moravam no mesmo prédio e pediam para ela absolutamente tudo o que precisavam. Sogros falecidos, filhos crescidos, Susana achou que o ritmo fosse amainar, sobrar mais tempo, mas não, o trabalho só aumentou e ela teve que correr mais ainda.

Numa manhã, já faz alguns anos, o marido, dirigindo a caminho do trabalho, sentiu dificuldade de respirar. O braço começou a formigar, a sensação de formigamento aumentou, ele sentiu um aperto no peito e achou melhor encostar. Esperou uns minutos ver se melhorava. Não melhorou, foi infarto fulminante. Susana estava com cinquenta anos, o marido, com alguns anos mais, boa saúde, pouca idade, quem ia pensar que poderia acontecer alguma coisa. Arsen não pensou. Não guardou dinheiro, não deixou reserva, ele estava bem, por que ia se preocupar? Acabou que Susana ficou sem marido, sem dinheiro, completamente desamparada.

Para piorar a situação, o cunhado que era sócio do marido na confecção de camisas excluiu ela e os filhos da sociedade. Como assim, excluída? Ela jurou que não sabe o que aconteceu, acha que deve ter assinado algum documento sem ler, na base da confiança, afinal era irmão do marido, tinha se comprometido a cuidar deles. Cuidou, não dá para falar que não, ofereceu um montante todo mês, uma mesada, bem menos do que estavam acostumados e bem menos do que precisavam. No começo ela recebeu agradecida, mas depois foi se sentindo desconfortável. Problema de infiltração nos banheiros, precisava pedir dinheiro, faculdade dos filhos, precisava pedir dinheiro, despesa extra... tudo ela precisava pedir, tinha que dar satisfação das despesas, dos gastos, de tudo.

A garoa fininha do lado de fora até encorajava o Arak, apesar de eu não conseguir beber nem meia taça com teor alcoólico mínimo sem ficar meio zonza. Rui trouxe a garrafa e três copinhos de pinga.

"Imagina se entra algum conhecido e vê bebida na mesa."

Meguê olhou ao redor, numa mesa duas mulheres terminavam de tomar o café, na outra, próxima à porta da entrada, três homens engravatados seguravam os cartões de crédito. "Beber a essa hora? Como é que eu vou voltar dirigindo?"

Susana fez que não ouviu.

"A nós."

Uns goles e ela desandou a falar.

"Não é justo o que fazem com a gente, num dia somos uns bibelôs paparicados por toda a família; no outro, sem marido, somos deixadas de lado como se fôssemos cães sem dono."

Meguê se mexeu na cadeira, olhou o relógio, virou de lado, olhou o celular.

"Fui falar com meus irmãos. Tomei coragem e fui falar com eles. Sabe, eu não queria ajuda...", Susana fez uma pausa parecendo em dúvida, "eu queria, mas não era ajuda... eu queria perguntar, saber o que tinha acontecido com o dinheiro do meu pai, por que eu não recebi nada? Sou filha também, não sou? Tinha direito, não tinha?"

Susana contou que a fábrica de sapatos que o pai fundou estava em nome dos irmãos. Antigamente o pai passava o negócio para os filhos homens fazendo a partilha em vida. São eles que ajudam, são eles que cuidam, eles é que são os responsáveis, era o que os mais velhos falavam. As mulheres não participavam da sociedade, não eram preparadas, não trabalhavam, não herdavam o negócio e muitas vezes nem o dinheiro.

Cada vez mais impaciente, Meguê disse que realmente precisava ir, você vem comigo, né, perguntou.

Fiquei indecisa, ia falar não?

Susana reforçou a carona.

"Então daqui a pouco eu vou...", sussurrei.

Meguê me fuzilou com os olhos. Disse que tínhamos combinado de ir e voltar juntas, ela estava saindo sozinha, ia ter que cruzar São Paulo de uma ponta a outra, e ainda por cima eu ia dar trabalho fazendo um dos meninos me levar para casa.

"Por meia hora, tenha dó."

Não sei por quantas horas Susana falou. Falou, chorou, gritou. Xingou marido, cunhados, pai, irmãos, costumes, comunidade. E meus filhos, eles são obrigados a cheirar fritura, eles mereciam isso, não, não mereciam. Susana falou do papel da mulher armênia. Perguntou se eu já tinha pensado, se por acaso eu tinha parado para pensar nisso. Nós devíamos nos preocupar, nos unir, éramos nós, mulheres, que tínhamos que nos mexer, a mudança ia vir de onde?

Eu nunca, em momento algum, ouvi alguém falar as coisas que Susana falou.

À noite, Meguê me ligou querendo saber como tinha sido a conversa. Foi tranquila, falei, sem mencionar nem um terço do que ouvi.

"Susana agora só sabe criticar. Tudo é ruim, todos são ruins. Fala mal da família, dos costumes, virou uma revoltada. Sabe o que vai acontecer? Vai acabar sendo deixada de lado. Quem tem paciência de ficar ouvindo tanta baboseira?"

Escutei quieta.

"E não fica aí dando ouvidos a ela. Pessoa desse jeito só faz mal. Contamina."

Depois de algumas semanas, Susana ligou. Disse que resolveram fechar o restaurante, estava sobrecarregada demais e ainda ia demorar a dar lucro, se é que algum dia daria. Seria melhor assim, os filhos não precisariam mais conciliar restaurante, estudos, especialização ou outros interesses, justificou. Não ouvi nenhuma queixa, nem choramingo nem que deveríamos mudar ou fazer algo diferente, nada. Susana nunca mais tocou naquele assunto, muito menos eu, era como se aquela conversa não tivesse existido. Cozinha agora em casa e atende só por encomenda. Manda o *herissé* embrulhado com fita de cetim cor-de-rosa, embaixo do laço um envelope florido que colecionávamos quando meninas. E num cartão também florido escrito com canetinha rosa: *Para Meliné, minha kuyrig querida.*

Naquele mundaréu de fotos no ateliê, achei perdido um convite da Issa, marca de bijuterias das filhas da Marlene.

Elas geralmente mandavam mala direta ou e-mail divulgando endereço e data dos bazares de que participavam.

Takuhi Marlene, sempre com "rainha" na frente do nome, assim costumávamos chamar a Marlene.

Vistosa, olhos grandes reforçados com camadas de rímel e delineador, os cabelos volumosos que desciam pelas costas, Marlene foi a única do clã que não participou dos plantões no hospital. Mas se fez bastante presente enchendo meu celular com mensagens positivas, corrente de orações, imagens de Santa Rosália, novena de São Peregrino, emojis de mãos juntas, coraçõezinhos. Ela era de longe a que mais se destacava no grupo, a mais expansiva, com mais pretendentes.

"Alôô, em que ano estamos?", perguntou Aline, como se eu tivesse falado o maior absurdo do mundo. Minha mãe nunca aceitaria que eu debochasse daquele jeito. Me senti uma neandertal, uma espécie em extinção, mas era dessa maneira que descrevíamos um bom partido. "Alôô de novo, *um bom partido*, mãezinha querida, por acaso você já ouviu falar em parceria?"

Parceria, de onde minha filha tirava essas ideias.

Rua Groenlândia, não lembro o número, Bazar Contemporâneo. Marlene continuava elegante, sempre teve um porte altivo, mas o visual era claramente mais modesto. Roupa sem ostentar grife, pouquíssima maquiagem, cabelo preso num rabo de cavalo simples, brincos minúsculos, bem diferente de como costumava aparecer.

"Meninas, meninas, olhem quem está aqui."

Casada com Hagop, quarto filho homem de uma família de cinco irmãos proprietários de uma cadeia de lojas de sapatos, sim, sapatos de novo, Marlene sempre foi bastante paparicada. O marido fazia tudo por ela, daí o *takuhi* de apelido. E pensa que ela não gostava desse lugar? Marlene só precisava estar arrumada, perfumada e linda.

O casal morava numa casa na rua das Magnólias, projeto de um arquiteto renomado, decorada com peças de antiquários, retratos do casal e dos filhos nas paredes. O gramado, com espelhos d'água, cascata e plantas exóticas, foi desenhado por um paisagista também badalado. A mesa de jantar era monumental, acomodava mais de vinte pessoas, imaginava como seriam os jantares na casa dela, minha mãe, então, surtaria para encher toda aquela mesa de travessas.

Os sogros moravam perto, numa casa ainda maior executada pelo mesmo arquiteto, que assinou também as casas dos irmãos. Todas de concreto aparente, grandiosas e no mesmo estilo. As festinhas costumavam ser na casa dos avós, eu e Meguê éramos sempre convidadas, as crianças adoravam, nós mais ainda. No aniversário de uma das filhas, não lembro quem, armaram um circo enorme com palhaços, malabarista, mágico, trapezistas. Em outra festa, montaram uma minifazenda com cercadinhos de animais, até passeios de pônei ofereciam. Aline vibrava, participava dos showzinhos esticando o braço e aparecendo depois vestida de alguma personagem. Aliás, personagem era o que não faltava. Princesas da Disney e de tudo quanto é conto de fada circulavam no meio das crianças, decoravam as quilométricas mesas de doces, as centenas de balões e os brinquedos que subiam e desciam sem parar. No final, uma longa queima de fogos.

"Olha o que meninas tão fazendo, dá uma olhada."

O bazar contava com roupas, sapatos, papelaria e outras coisas que não lembro. As filhas da Marlene expunham as bijuterias num móvel branco com vitrine na parte de cima e gavetas embaixo, como se fosse um porta-joias. Sobre o tampo de vidro ou acrílico, não sei dizer, espelhos de mesa. Marlene disse que fazia questão de me mostrar algumas peças. Abriu e fechou afoita as gavetas, as filhas já trocando olhares entre elas. Pegou um colar de pedras, o primeiro da pilha da gaveta que bagunçou toda, e veio com ele na minha direção. Experimenta este aqui, vai ficar ótimo em você, espera, deixa eu arrumar melhor, isso, assim, puxa o cabelo pra trás. Nem tempo de olhar no espelho, Marlene já tirava e punha outra peça em mim. Provei não sei quantas, ela logo sugeria uma outra que ficaria melhor.

Quando duas moças se aproximaram, Marlene virou de costas e ficou atrás das filhas.

"Querida, eu realmente tenho que ir."

Me deu um beijo e saiu.

Foi muito rápido. A vida da Marlene virou tão de repente que ninguém nem sabe explicar o que aconteceu. Alguns dizem que os irmãos gastaram muito, mais do que o rendimento permitia. Outros falam que não se modernizaram repetindo o modelo que aprenderam do pai. Ou que não deram atenção suficiente às lojas. Teve até um diz que diz que as mulheres é que foram as culpadas, uma comprou uma joia, a outra ficou com ciúmes e comprou uma maior, e veio a outra, e assim foi, todas querendo ostentar. Depois os maridos entraram no meio, exagerando também nos gastos. Os irmãos acabaram se desentendendo, a dívida engoliu negócio, casas, família. Hagop, que devia para Deus e meio mundo, foi obrigado a se retirar do convívio social se desligando de tudo e de todos. Dizem as más-línguas que ele é que foi desligado.

Marlene, que não sabia das coisas do marido nem desconfiava de que a situação não andava boa, levou um choque. Teve ainda que cuidar do homem deprimido que nem sair de casa consegue.

"Você deu sorte, minha mãe passou aqui só pra deixar uma sacola."

A mãe quase nunca sai de casa, as filhas disseram. Vive enclausurada, com vergonha de aparecer, principalmente de encontrar algum conhecido. Como se carregasse alguma culpa do que aconteceu com eles.

Entrei no quarto. Vazio. Calças, camisas, camisetas, cuecas, não sobrou nada do Zohrab. Nem o maço de cigarros sempre em cima da mesa da cabeceira, os papéis com anotações de referências que ele passava depois para o computador ou as moedas de dez e cinco centavos que deixava na cômoda. Ele não tinha voltado, há quanto tempo já não estavam lá? E eu sabia? Os homens não costumam conversar de trabalho com as esposas, tudo é na base da confiança, no que o marido faz ou diz fazer. Em casa era assim também. Zohrab deixava uma quantia em dinheiro a cada dez ou quinze dias. Se precisasse de mais, para algum presente ou despesa extra, eu pedia e ele me dava.

Foi quando Aline apareceu com uma pasta de elástico. Conta não é o meu forte, já disse isso. Eu ia preparar uma coisinha qualquer na cozinha, segurava um pacote de penne, e ela chegou com aquela pasta azul na mão. Tirou uns papéis, eu querendo fugir para minhas fotografias, arrumou as folhas na mesa e mostrou uma relação enorme de números. Contas de água, telefone, luz, alimentação, IPTU, gasolina, convênio médico.

"Calculei o quanto a gente gasta", estendendo um papel depois outro e mais outro na minha direção.

Enquanto ela falava, coloquei água na panela e pedi que me ajudasse. Fiquei esperando a água ferver, se dependesse de mim a panela teria estorricado. Aline cozinhou a massa, lavou alface, cortou uns tomates. A gente só precisa rever as despesas, não é difícil, ela disse, e pegou os talheres na gaveta, os copos no armário. Não usa esses, falei, são tão feinhos, tem aquele jogo americano verde ali na gaveta de baixo, e com o dedo indiquei a bancada. Aline guardou os que tinha escolhido e pegou o jogo que sugeri. Põe também os pratos brancos com o frisinho nas bordas, pedi, ela arrumou exatamente do jeito que recomendei. E continuou: a despesa não é alta, só precisamos rever, falei com meu pai ontem e mostrei essa planilh... Meu pai? Eu nem estava prestando atenção na conversa nem naquele monte de papéis, mas quando Aline falou *meu pai*, pedi pra ela repetir. Como assim? Eu tentando ser cuidadosa, pensando em como apagar aquele pesadelo todo, aquela história de outra família, e Aline veio me falar de combinado com o pai?

"Mãe, o assunto é urgente."

Antes de conversar com Zohrab, Aline pediu ajuda a Meguê e as duas foram consultar um advogado. A preocupação maior era não perder a casa. Moramos aqui, ninguém pode nos tirar, ela explicou. Com essa questão resolvida, estavam tentando lidar com os gastos do dia a dia.

"E seu pai falou alguma coisa, ele perguntou de mim?"

De menina, ouvia minha mãe e minhas tias conversarem sobre sonhos. Era sobre alguma delas ter sonhado com a mãe. Ficavam horas sentadas confabulando em armênio, a voz num tom soturno, as fisionomias pesadas, como se guardassem um segredo medonho. Eu me espichava tentando ouvir, mas elas logo desconversavam: não é conversa de criança, vai lá fora brincar, filhinha, *lá fora* era o quintal da casa dos meus pais. Já moça, lembrei de perguntar que tanto elas cochichavam daquele jeito. Minha mãe disse que se minha avó aparecesse durante o sono de uma delas, nem que fosse como figurante ou passando ligeira, era sinal que algo ruim ia acontecer. Elas sabiam, era aviso de mau presságio. E ficavam todas em casa esperando.

Outro dia li numa revista que muitas pessoas têm em casa um filtro de sonhos. Apanhador de sonhos, caçador de sonhos, espanta-pesadelos, não lembro o nome, com tanto trançado, parece uma teia de aranha. Se soubesse, eu teria colocado um desses perto de mim, bem em cima da minha cabeça, para expulsar aquele trem. Aquele sonho esquisito, eu correndo apressada. A estação era linda, teto abaulado, pé-direito alto. Avistava Meguê e minhas primas e me acomodava ofegante ao lado delas. Todos lá se conheciam. As vozes eram suaves, não existia conversa, falatório, disse me disse. O trem não demorou. Vi Marlene do lado de fora, as mãos grudadas no vidro, e só aí me dei conta de que ela não estava junto. Cutuquei Meguê apontando para a plataforma, vamos, o trem chegou, fiz sinal, levantem, vamos, e nada. Ninguém nem se virou.

Fiquei inquieta, o calor me incomodava, o frio me incomodava. Sentava, abria um álbum, levantava. Nem sei o tanto que fiz para me livrar daquela amolação. Imagina, como não lembrar. E inspire, prenda o ar por alguns segundos e solte e inspire... Sim, tentei exercícios de respiração que vi num filminho de meditação guiada. E repita puxando soltando puxando soltando, e nada de me acalmar. Não, não desisti fácil. E inspire um, expire um, inspire dois, expire dois, inspire três... perdia a conta antes mesmo de chegar na metade. A musiquinha, voz mansinha, e toda aquela macaqueação me deixaram mais irritada. Não conseguia me concentrar nas fotos, nas lembranças. Dava voltas pela sala, subia descia escada, ia até o portão, voltava, e de novo, mais uma vez, e coisa nenhuma de sossegar.

Confesso que teve uma coisa que mereceu minha atenção, toda mesmo. A dor pressionando com força brutal todos os ossos do meu abdômen. Ela começava na pelve, subia comprimindo a barriga, vertebras, até chegar na garganta. Agora junta isso tudo com a digestão cada vez mais lenta, a comida revirando horas sem processar, parada na boca do estômago, aconteceu o quê, passei a comer menos, menos ainda do que já vinha comendo.

Foi numa dessas descidas, quando estava no último degrau da escada, que escutei a campainha tocar. Sireli latia, me olhava, olhava a porta, não me aguentei, abri a janela da salinha de tevê. Se estivesse no ateliê, eu não teria ouvido o toque, o som dos latidos, nem teria ficado curiosa. Parada em frente ao portão, uma moça de vestido azul com um adereço gigante e esverdeado no pescoço, que depois percebi que era um colar, esperava ser atendida. Os cabelos platinados e volumosos na altura dos ombros formavam uma composição com o eucalipto e a aroeira, como se Monet tivesse pintado uma pessoa bem ali no meio dos verdes.

"Meliné Titizian, por favor."

Claro que pensei em falar que *ela* não estava.

Era Amanda Selan, a curadora que tinha mandado e-mail tempos atrás. Eu tinha esquecido completamente dela e do encontro marcado. Amanda disse que tentou confirmar a data, mas, como estava acostumada com artistas distraídos que não respondiam mensagens, resolveu arriscar e veio. Falava ainda do lado de fora. Abri a porta, mas não encontrava a chave do portão.

"Só um minuto, eu já volto."

Olhei em todos os lugares, no aparador da sala, na bancada da cozinha, na mesa da salinha, eu não saía há dias, onde Aline teria guardado. Será que mudou o lugar, levou a chave com ela? Comecei a transpirar e abrir todos os armários e gavetas, correndo esbaforida de um lado para o outro. Aline me deixou trancada, aprisionada na minha própria casa? Abri as janelas, deixei as portas abertas, meu peito subia e descia como se eu tivesse corrido uma maratona. Sireli corria atrás de mim feito louca. Depois de revirar tudo, eu não sabia mais onde olhar, que armário abrir, escutei barulho, até esqueci da menina esperando lá fora. Parei quieta mesmo com o estrondo escandaloso dos meus brônquios.

"Mãe, a Amanda chegou", Aline tinha acabado de estacionar o carro. "A Amanda, mãe. Ela disse que marcou com você."

Podia até adivinhar o que passava pela cabeça da minha filha. Amanda, quem é Amanda, alguém que ela não conhecia, que não falei que conhecia e muito menos que tinha marcado um encontro com ela. Aline logo percebeu que eu estava ofegante e perguntou o que tinha acontecido, por que eu respirava daquele jeito. Expliquei que não consegui abrir o portão, estava bem mais calma, mas minha respiração continuava acelerada. Falei que me senti um pouco atrapalhada procurando a chave, não contei meu desespero, claro. Com muita calma, Aline abriu a gaveta do aparador, a gavetinha onde costumávamos guardar as chaves. Pediu para eu chegar perto e me mostrou o lugar onde sempre fica. Me encarava como se alguma coisa mais tivesse acontecido.

"Eu não achei a chave, foi isso."

Minha filha continuou atenta. E Amanda, esquecida no hall de entrada, perguntou se não seria melhor vir outro dia. Insistiu que não teria problema nenhum, poderíamos marcar na semana seguinte ou na outra.

"Não, eu estou bem, nem sei o que me deu", falei. Querendo parecer simpática ou qualquer coisa do tipo, dei uma risada que soou tão forçada, mas tão forçada que achei que Amanda fosse virar as costas e sair.

De perto o cabelo nem era tão esbranquiçado e o colar nem tão exagerado. Amanda foi entrando, aparentava uns trinta e poucos anos, mais que a idade da minha filha. Enquanto andava, bastante à vontade, descreveu animadamente uma praça aqui perto que de tão cuidada chamou a atenção dela. Deve ser a Horácio Sabino, Aline logo disse. A praça tinha sido renovada, árvores foram plantadas substituindo outras com risco de queda, gramados refeitos, canteiros limpos, e o parquinho ganhou uma pintura nova. Aline participou do processo de revitalização e nem acreditou que Amanda falava das melhorias que ajudou a fazer. As duas concordaram sobre a importância de iniciativas das comunidades de bairro, do valor do trabalho conjunto, do bem-estar comum. Se eu não estivesse tão desatenta, teria percebido o que essa conversinha inofensiva já indicava.

Ficamos na sala ao invés de ir para o ateliê, na opinião de Aline o espaço lá fora estava *intransitável*. Não falei nada. As duas sentaram no sofá, eu na poltrona mais afastada.

"Antes de começar a falar, acho importante eu me apresentar."

Bastante articulada, Amanda contou que fez Artes Plásticas na FAAP, mestrado em Estética e História de Arte em Nova York, doutorado em Comunicação e Cultura na USP, participou da equipe de curadores assistentes da última Bienal e trabalha como curadora independente.

"Uma questão crucial a se observar é como a arte contemporânea é marcada por traumas coletivos. Bienais, documenta de Kassel, importantes exposições têm trazido à tona o sofrimento de povos que passaram por guerras e eventos trágicos."

Disse que vários estudos demonstraram que efeitos negativos, como violência e abusos, podem ser transmitidos às futuras gerações, mesmo que os descendentes não tenham vivenciado nem sequer tomado conhecimento deles.

"Povos exilados, refugiados, vítimas de violência no próprio país. A ideia é mostrar como o choque atua sobre os trabalhos, e como as gerações conviveram e ainda convivem com as sequelas", Amanda ia falando cheia de entusiasmo. "É possível estancar as feridas, lidar com as perdas e usar a dor a serviço da vida? Não é justamente o que muitos artistas se propõem a fazer?"

Não acompanhei nem uma frase inteira nem percebi o motivo de tanta empolgação. Minha impressão era de que ela estava em campanha eleitoral, concorrendo a algum cargo político ou querendo indicar o nome de alguém para ganhar o nosso voto.

"Pense nos relatos dos sobreviventes dos campos de concentração nazistas ou nos muitos filmes que foram produzidos sobre o Holocausto. Mas e as muitas perdas que ainda não foram traduzidas? Cada povo lida de forma diferente. Alguns se refazem e tocam suas vidas. Outros se ressentem e vivem do rancor, do ressentimento... há ainda os que negam o que aconteceu pensando que já foi enterrado. Mas não tem como fugir, certas coisas acabam sendo repassadas, mesmo que encobertas. É esse ponto que acho importante destacar. Como o trauma é refletido nos herdeiros, como ele aparece na forma de ação estética. Em outras palavras, a produção artística é capaz de refletir sobre as marcas do passado?"

Citações de filósofos, trechos de livros, a conversa foi ficando cada vez mais abstrata, Amanda não parava de falar.

"Como dar voz a algo muitas vezes desconhecido? A gente precisa saber a história pra não ficar preso ao passado, amarrado a uma herança invisível. É preciso conhecer pra saber o que os sucessores carregam, ou pelo menos supor, já que não dá pra saber exatamente o que aconteceu."

"E são artistas de onde?", Aline de repente perguntou.

"Eu não defini ainda, pensei nos armênios, a história é pouco conhecida... Talvez países da África, povos escravizados, sobreviventes dos assassinatos da Era Stalin, genocídios indígenas... Infelizmente, a lista é longa. O importante é que sejam de gerações posteriores às pessoas que sofreram para investigar se existe similaridade ou matriz comum entre eles."

"Trabalhos de artistas como a minha mãe, é isso?"

Me surpreendi com a fisionomia de Aline, os olhos arregalados, absurdamente brilhantes.

"É isso mesmo, obras realizadas por filhos, netos, bisnetos, principalmente das terceira e quarta gerações. O objetivo é tentar identificar nessas obras algum traço que se relacione à violência sofrida ou algo do passado que foi negado."

Lembro pouco do tanto que ela falou, só consegui captar a ideia quando li o texto da exposição, meses depois. Mas lembro bem do efeito que aquelas palavras surtiram na minha filha. Aline ficou fascinada com o tema, com o jeito desprendido de Amanda falar, com as ideias fluindo fáceis, um assunto levando a outro, exposições, projetos, galerias. Em um momento estávamos no MoMA, no outro visitando o ateliê de um artista na Barra Funda ou caminhando dentro do Octógono da Pinacoteca. Era tanto entusiasmo que Amanda conseguia nos levar aonde bem queria.

"Qual galeria te representa, Meliné?"

Era o momento que eu temia. Não parava de pensar que ela trocou meu nome ou confundiu com o de outra pessoa. O que ela queria comigo e, com todo aquele currículo, fazia o quê na minha casa? Além de falar coisas que eu não entendia nem tinha a menor noção, eu não era uma artista, não tenho galeria e nunca fui representada por nenhuma.

Tomada por uma euforia, Aline exagerou ao contar que participei de uma coletiva na FAAP, outra em Porto Alegre, e que uma galeria no Rio vendera alguns desenhos meus. Falou como se eu tivesse uma trajetória importante: exposição coletiva, coletânea com colegas das aulas de desenho, grupo de escultura. Na verdade, nunca tive uma definição muito clara do que fazia, uma hora era desenho, na outra, escultura, fotografia. Dependia do que outros artistas estavam fazendo: se era interessante eu tentava fazer igual, seguia pelo mesmo caminho. Mas exposição, exposição em galeria comercial, artista representada com vernissage e catálogo resenhado por crítico, eu nunca tinha feito. A única coisa que me passava era que ela estava enganada.

"Tem algum trabalho que eu possa ver?"

Não, não tenho nada pra mostrar, falei.

"O ateliê, você disse que trabalha em casa, posso conhecer?"

O que eu podia falar, não, não tem nenhum ateliê aqui, não dava para falar isso. De qualquer jeito, Amanda ia perceber que eu não era o que ela pensou que eu fosse, então achei que seria melhor, mais honesto, pelo menos, mostrar logo o que eu não era.

Atravessamos o quintal. Espiei as folhas amontoadas no caminho, preocupada se Amanda ia notar aquela sujeira toda. Abri uma fresta da porta na dúvida se entrava ou não. O dia estava claro, céu azul limpíssimo. Contrastando com a claridade de fora, um breu imperava no ateliê. Entramos. Durante alguns instantes ficamos as três na escuridão, ligar ou não a luz não fazia a menor diferença, a lâmpada resolvia acender de vez em quando, problema de mau contato. Então acendia velas. Tinha várias espalhadas. Em cima da mesa, nos cantos, no peitoril da janela, velas perfumadas, em potes de vidro, latinhas, apoiadas nos pires, em luminárias, dentro de vasos, nos copos, muitas velas. Eu adorava a luz amarelada, o tremular das chamas, o desenho das sombras nas paredes, o cheiro da parafina queimada. Àquela hora estavam todas apagadas. Deixei a porta aberta, os olhos aos poucos se adaptando, risquei um fósforo e com ele fui encostando nas pontinhas dos barbantes.

"Você não falou que trabalhava com instalação."

Instalação? Tinha coberto o chão, as paredes e o forro com álbuns, fotos avulsas e cópias das fotografias do meu noivado e casamento. Colei fotos de infância, da família e dos parentes nas janelas, nos trincos, nas maçanetas, no lustre, nos poucos móveis da sala, na mesa, na cadeira de rodinhas e na poltrona, que nem mais para sentar serviam. Usei inclusive a tela do computador, que virou uma interessante moldura. Difícil encontrar um espaço sem estar forrado de imagens. O tom terroso do papel reciclável e a xerox em preto e branco contrastavam com os álbuns coloridos abertos no chão.

"Você criou um casul... um tipo de pup..." E quem conseguia entender o que Amanda falava, as palavras saíram abafadas, para dentro. Achei que ela estava de mau humor, se queixando do tempo que gastou comigo, percebendo que se enganou por ter vindo na minha casa. Mas a culpa não foi minha, eu não pedi para ela vir, não fui eu que convidei e em nenhum momento menti.

"Um ninho... é isso... é um ninho."

Foi só o que deu para entender.

Amanda continuou olhando de cima a baixo, virou de costas, de frente, a boca continuava se mexendo, mas não dava para ouvir nada. Me senti uma fraude, uma mentirosa, uma enorme farsa. E por que não ia logo embora?

Historinha de descendentes, curadora independente, exposição, eu não frequentava mais as aulas do MAM, viu meu sobrenome onde? Que professor me indicou? Claro que eu sonhava em ser reconhecida, receber elogios de um curador, ser convidada para uma mostra, uma exposição importante.

"Aline, você não acha estranho que uma curadora que eu nunca vi na vida apareça aqui e elogie uma coisa que nem arte é?"

Adivinha o que minha filha respondeu.

"Não acho, não," e ainda me censurou, "para de encanar tanto que tem alguém querendo te fazer mal, não tem nada de estranho, relaxa, mãe."

Amanda voltou muitas vezes, marcava direto com Aline, eu nem ficava sabendo, dava de cara com ela no ateliê. Quando me dei conta já era tarde, as duas viraram amicíssimas. Era Amanda pra cá, Amanda pra lá, mostras, filmes, livros, numa empolgação que eu nunca tinha visto. Nem sabia que Aline gostava tanto assim de arte. De pequena, eu punha ela no carrinho e íamos a museus, rodava a Bienal, o MASP, fomos muitas vezes ao Sesc Pompeia, mas depois ela não quis mais saber.

É, era difícil não se deixar levar por aquela conversinha.

Depois de algumas semanas, Amanda falou que eu estava confirmada na lista de artistas. A instalação, que era como ela se referia às minhas fotos e que ouvi trilhões de vezes, seria montada exatamente daquele jeito. O local não estava cem por cento definido, mas ela já imaginava como ficaria. Tirou medida da largura, do comprimento, dos móveis. A dúvida era o computador, será que poderia levar, e ela mesma respondia, claro, afinal faz parte da obra, mas não precisa se preocupar, teriam o máximo de cuidado para transportar aquele material. *Aquele material, instalação,* eu saía de perto para não ter que escutar. Aline acompanhava Amanda em tudo. Foi só aí que comecei a me incomodar, demorou, mas caiu a ficha. Precisava fazer alguma coisa para afastar aquela curadora da minha casa. E foi o que fiz, fui a do contra, em tudo eu via defeito. Fazia comentários pessimistas, ridicularizava as observações dela, interrompia a conversa das duas e pedia para Aline buscar qualquer coisa no quarto ou na cozinha só para sair de perto. Pergunta se funcionou.

"Só falta tirar umas fotos, posso?"

Aline respondeu que podia.

"Não," falei antes que Amanda tivesse tempo de pegar o celular, "não está pronto."

"Só duas ou três pra organizar o projeto, pode mudar depois se quiser."

"Não," explodi, brusca, "não dá."

As duas me olharam.

"Mas, mãe, depois você muda..."

"Mudar, como assim mudar?", e enquanto me esgoelava tropecei na cadeira. "Mudar o quê, olha isso tudo, olha esses álbuns, essas fotografias," e, ainda meio bamba da batida, "isso é o que eu vivi, como eu vivi, com quem vivi, e vêm vocês duas querendo mudar?"

Me excedi, não teve outro jeito. Ao menos dei um chega pra lá na tagarelice, nos detalhes da montagem, no pouco-caso com o meu passado e no tudo é lindo dela. É, mas as duas continuaram se encontrando. Não era bem isso que achei que fosse acontecer. Saíam para almoçar, iam ao cinema, visitavam galerias. Eu não entendia como duas pessoas com pontos de vista tão diferentes podiam se tornar tão amigas. E pontos de vista diferentes do meu, do Zohrab, da família.

Teve ainda uma vez que encontrei Amanda na porta.

"Olha, Meliné, Aline pediu que eu desse um tempo e não falasse mais da exposição. Mas acho importante montar esse trabalho, acho mesmo. Ele retrata de maneira forte a tentativa de recriar os laços perdidos."

Se desculpou umas vinte vezes por priorizar o projeto naquele momento delicado que eu estava passando. Nem respondi. Ainda por cima, para complicar mais, Amanda apresentou diversos amigos para Aline. Entre eles, Bruno. Não é que os dois ficaram próximos, próximos, não se desgrudavam um minuto. Impliquei de cara com ele, barba por fazer, cabelo desalinhado precisando de um bom barbeiro, rosto miúdo, sorriso grande, desproporcional até para o conjunto. Sempre de camiseta preta, calça jeans e tênis. Bruno aparentava menos idade, devia ter uns trinta e poucos, mas parecia bem menos que a minha filha.

Formado em Cinema, com mestrado pela Goldsmiths College, que Aline adorava destacar, trabalhava como assistente de direção numa produtora independente e estava envolvido numa série documental sobre exílio, o que a encantou mais ainda.

Minha filha nunca foi de grandes amizades. Seu círculo foi mais aberto que o meu, sem dúvida, começando pela escola. Fiz o primário na escola armênia, o ginásio e o colegial em colégio de freiras com as minhas primas e faculdade de Artes Plásticas com a Susana. Aline estudou na escola perto de casa, fez o fundamental e o ensino médio nessa mesma escola e se formou em Administração de Empresas. Tem uma ou duas colegas que manteve do tempo de escola, mas sempre foi apegada aos primos, Leo, Daniela, Débora e Lucas, filhos da Meguê. Passávamos as temporadas de férias, o mês inteiro, no Guarujá com eles. Zohrab ia pouco, sempre com *muita* coisa para resolver em Franca.

Os primos começaram a namorar cedo, Leo terminou a faculdade e logo se casou, as meninas terminaram a graduação já casadas, e Lucas noivou não faz muito tempo. Não fiz como Meguê, que pressionou os filhos a se comprometerem cedo. Na época de faculdade, Aline formou um grupo de amigos. Os trabalhos eram em casa, tinha que ser, eu gostava do movimento da meninada, deixava sempre uma torta ou bolo de lanche. Depois parei. Aline implicou que eu me preocupava demais com o que iriam comer e me proibiu de ficar oferecendo ou servindo comida, não podia nem aparecer com um pratinho. Namorado? Leo apresentou alguns amigos, primos, parentes de família, mas não deu certo. Aline saiu com rapazes de fora da colônia, poucos, também não deu certo, não lembro o porquê. Teve uma vez que ela trouxe o João, rapaz educado, colega de faculdade. Preparei o pai para receber o menino, e adiantou? Zohrab disse que ele era folgado por usar o *você* ao invés do *senhor* e ficou dias atrás da Aline, onde já se viu namorado de filha conversar com o pai como um igual. Nunca mais tive notícias dele. Não, não foram as queixas do papai, João já pensava em fazer um aprimoramento em Barcelona, Aline disse murchinha, murchinha.

Aí veio o Bruno. Bruno entrando e saindo, de manhã, de tarde, de noite, nem sei que horas entrava, que horas saía, se saía. Eu aparecia na sala, não podia mais ficar isolada no ateliê, sentava no sofá ou comia junto com eles, mesmo sem me sentir à vontade em participar das conversinhas e muito menos do clima de paixonite dos dois. Risinhos, olhares, segredinhos, eu fora de tudo aquilo me sentindo totalmente excluída. Até Sireli se rendeu aos cafunés, aconchegada cheia de dengo nos pés dele.

Me xingo muito, as mudanças não vieram de uma vez. Deram um sinal aqui, uma indicação ali, vai falar que não vi. Aline, que sempre foi certinha no modo de se vestir, sem modismos chamativos, exageros no decote ou comprimento de saia, virou uma desleixada. Cabelo ensebado, zero de maquiagem, roupas largadas, sem gênero definido ou usadas de forma aleatória e que dificilmente passavam despercebidas, um horror.

Precisava de alguém com autoridade, algum mando que colocasse ordem na casa, o papel do pai não é esse? Não pensei duas vezes, liguei no celular do Zohrab sem nem me importar se ele tinha respondido minhas mensagens, se queria falar comigo ou se estava me ignorando. Insisti no toque até ele atender.

"Oi, Meliné, aconteceu alguma coisa?"

"Aconteceu, sim. Aline arranjou um namorado que não sai daqui de casa. Você pode vir e resolver isso, por favor?"

Deu para ouvir a respiração dele.

"Você me ligou mais de dez vezes seguidas pra falar do namorado da Aline? Meu celular não parou de tocar! É assim tão urgente que não pode esperar?"

"É urgente sim. Você tem que vir dar um jeito, falar o que pode, o que não pode. O namorado vem a hora que quer, sai a hora que quer, não sei quem ele é, se é de boa índole, boa família, não sei nada, só sei que não está certo. Você pode falar agora com ela?"

A respiração ficou mais alta.

"Eu só atendi porque achei que tivesse acontecido alguma coisa grave," Zohrab gritava, "onde você está com a cabeça, Meliné?"

Por que ele gritava daquele jeito comigo?

"Mas Aline é sua filha," comecei a chorar, "eu não estou conseguindo lidar sozinha com ela... não sei o que fazer... você não responde minhas mensagens, não responde minhas ligações..."

"Olha, Meliné, eu estava te evitando por conta disso. Eu não queria que você ficasse assim perturbada..." Me evitando? "Vamos conversar com calma. Não quero você gritando assim que nem louca, você não consegue nem me ouvir... É melhor desligar, depois a gente conversa..."

E desligou.

Eu não queria parecer histérica, não podia parecer que estava histérica. Ele nunca suportou chiliquinho, que era como Zohrab se referia à TPM, frescura ou mudança de humor. Não consegui me segurar, talvez eu tenha mesmo exagerado, mas me chamar de louca, será que estava enlouquecendo?

Era final de tarde quando notei luzes na sala. Andava cismada, qualquer bobeira já tomava como maluquice. Quem acendeu as luzes? Esperei, se fosse Aline ela sairia no quintal. Tive impressão de escutar música, pessoas falando em armênio. Será que de tanto olhar fotografias antigas passei a ouvir sons do passado? Mas não, não era invento da minha cabeça, o som vinha de casa.

Entrei e vi Aline e Bruno, a *dupla inseparável*, sentados no sofá assistindo a um filme com volume altíssimo.

"Assiste com a gente, mãe. É um documentário sobre mulheres armênias tatuadas."

Fiquei chocada, Aline nem fora me ver. Chegou, acendeu as luzes, ligou a tevê e nem para mostrar a cara no quintal. Isso nunca tinha acontecido, a primeira coisa que ela fazia sempre, sempre, sempre era me avisar com um beijo que tinha chegado. Nem aviso, nem oi, nem beijo nenhum.

"Vem, senta aqui", e fez um gesto com a mão.

Encostei na porta enquanto decidia se entrava. Aline se ajeitou no sofá deixando um lugar perto da parte gasta do estofado. Quis saber do que se tratava, não gosto de documentários, não queria ver nenhum, muito menos com eles. O filme contava a história de mulheres que foram mantidas como escravas durante a época do extermínio. Essas mulheres foram raptadas, tatuadas no rosto, no pescoço, nas mãos, marcadas à força como animais e esquecidas por muito tempo. Balancei, que tema era aquele? Resolvi entrar e sentei ao lado de Aline.

O documentário surgiu da curiosidade da diretora com a avó falecida. Na verdade, a curiosidade era com os borrões de tinta na pele envelhecida das mãos da avó, que despertavam medo e era proibido falar sobre eles. Querendo saber o que aqueles sinais significavam, a diretora resolveu ir atrás, mesmo já tendo passado bastante tempo. Viajou da Suécia, onde mora hoje, até a infância em Beirute. Perguntou à irmã da avó, com as mesmas estranhas tatuagens, e soube uma parte da história. A tia, irmã da mãe, contou outro pedaço. Mas ninguém contava a história inteira.

Bruno continuou com os pés apoiados na mesinha. Nem se preocupou em ajeitar as pernas e se acomodar melhor para me oferecer um pouco mais de espaço, continuou esparramado com os olhos vidrados na tela. Nem sei o que era pior, o filme, o tecido puído do sofá ou aquela atitude nem um pouco educada dele. Depois de muita pesquisa, viagens, entrevistas, a mãe da diretora resolveu falar o que sabia. A família, por muitos anos, guardou em segredo que a avó fora sequestrada e mantida como concubina quando tinha acabado de completar doze anos. Uma história semelhante à de muitas outras meninas raptadas, violadas, estupradas, prostituídas e escravizadas na mesma época e resgatadas somente no final da Primeira Guerra por organizações armênias e missionários estrangeiros. Esse foi o desfecho da história da avó. Mas muitas outras não foram localizadas. Algumas não quiseram voltar, não foram mais aceitas, e muitas tiveram seus bebês rejeitados, inclusive por elas. Histórias apagadas que ninguém nunca quis falar, ouvir, muito menos lembrar.

Minha testa se encheu de bolhas, nem sei o que me deu, um suadouro. Descia pelos braços, escorria pelo sutiã, pela blusa. Minha barriga inchou de um jeito que quase dobrou de tamanho. Culpei o leite, provavelmente com prazo de validade vencido, única coisa que consegui colocar na boca. E mesmo com aquele desconforto continuei lá assistindo. Uma senhorinha de mais de cem anos disse lembrar pouca coisa daquela época. Acordava no meio da noite ouvindo apitos, rajadas de tiros, soldados invadindo casas, roubando, raptando meninas, o medo era grande. Disse que costumava dormir nos braços da mãe, não gosta de pensar nessas coisas, mas é impossível, não consigo esquecer minha mamãe. E aos prantos, num depoimento tristíssimo, a senhorinha contou que os soldados tinham matado o pai e levado a mãe com eles. Escorriam no meu rosto, além do suor, lágrimas que eu não conseguia segurar, quem falou que eu queria ver aquilo.

Saí de fininho. Nem perguntaram por que levantei, nem eu falei, minha presença não fazia diferença mesmo. Não quis esperar o final com os comentários do Bruno, sempre cheio de referências, posando de pensador letrado, e Aline se derretendo por ele. Me sentia péssima, tive que apoiar as mãos nas paredes para conseguir andar. Passei na cozinha, enchi um copo com água gelada, tomei uns goles tentando aliviar a pressão do estômago. Andando na direção da escada, reparei num montante de livros empilhados em cima da mesa da sala de jantar: *História da Armênia*, *Etchmiadzin*, *Armenian Art*. Livros novos, antigos, alguns com a lombada amarelada, de onde é que apareceram? Cultura, trajetória do povo, reconheci o *Passagem para Ararat* do meu pai, e os outros, de quem eram? Eu estava tão indisposta, tão enjoada que subi direto para o quarto, o documentário já tinha sido demais.

Quase não dormi. Tive pesadelos. Não, não daquele trem birrento invadindo meus diminutos cochilos, foi outro, um bem curtinho que me fisgou de um jeito que acordei arfando de tanto que soluçava.

A cabeça estralando forte, roupa colada, o corpo quente. Não lembro muitos detalhes, dunas, deserto, mulheres com véus da cabeça aos pés. Mas lembro bem dos rostos, da linha preta que descia do lábio até o pescoço, das pontas em setas, dos pontinhos na face e nas sobrancelhas. O desenho era parecido com tatuagens temporárias de henna, dessas que vendem em farmácias, moda de verão, ou que foram moda, nem sei. Aline me mostrou algumas dessas imagens, ela até quis fazer, imagine se eu ia deixar. A maioria dos desenhos era inspirada nas pinturas que os povos berberes faziam ao redor das aberturas do corpo como proteção contra maus espíritos. Proteção? E pensar que meninas armênias foram raptadas, escravizadas, desposadas à força e depois tatuadas para se protegerem contra maus espíritos?

Tive muita ânsia. Corri no banheiro e vomitei tudo o que tinha e o que não tinha comido. Odiava vomitar, eu transpirava, meu nariz escorria, escapava xixi na calcinha, meus olhos lacrimejavam, não saía só da boca, meu corpo inteiro punha coisa para fora. Ainda hoje me pergunto por que fiquei vendo aquele filme, não gosto dessas histórias. E do que adianta saber, já foi há tanto tempo? Além disso, eu precisava lidar com Zohrab, lidar com Bruno, lidar com Amanda, o que mais, tinha que lidar também com tudo que ia aparecendo na minha casa?

Passei o dia deitada como se pesasse uma tonelada, sem me mexer, sem conseguir levantar, sem tirar a imagem da minha avó perdida numa tribo nômade. Só mais tarde, bem mais tarde, me sentindo um pouco melhor, tomei uma ducha e vesti roupas claras de algodão. Abri a porta, Sireli deitada do lado de fora era sinal de que Aline não estava em casa. Saiu e me deixou um bilhete, uma simples notinha apoiada no espelho: *não quis te incomodar, volto mais tarde, te amo*. Sem nem anotar horário, aonde ia, muito menos com quem.

Mais isso ainda, bilhetinho no espelho.

Minha barriga não parava de reclamar. Passei dias à base de água, alternando com leite e vitaminas de frutas, mas àquela hora nem leite podia tomar. Preparei uma limonada com maçã sem casca, folhas de hortelã da hortinha, bati com água gelada e fui bebendo devagar. Com o copo na mão, voltei aos livros da sala de jantar. Estava encafifada com o tema e com toda aquela quantidade de volumes.

Peguei o primeiro da pilha com vários marcadores coloridos. Me perguntei se o colorido seguia alguma ordem, uma sequência ou algo do tipo, mas como é que eu poderia saber? Abri numa página qualquer e caí nas imagens dos *khachkars*, as grandes pedras entalhadas, *símbolo da identidade armênia*. E fui seguindo, uma foto mais linda que a outra. Adorava as miniaturas que decoravam a sala, sim, naquele dia elas ainda estavam em cima da mesinha de centro. Meus souvenirs de madeira foram presente da irmã do Zohrab quando ela visitou a Armênia, anos atrás. Zabel disse que comprou num mercado em Yerevan e, sempre que via os *khachkars* na minha mesa, passava horas descrevendo as paisagens montanhosas, o Lago Sevan, o Monte Ararat, atualmente na Turquia.

"Você anda na rua e escuta armênio, você entra nas lojas e escuta armênio, o garçom, o taxista, todos falam armênio. É emocionante, uma coisa forte pulsa dentro da gente, dá até um arrepio..."

Mas Zabel ficou decepcionada com as pessoas, disse que esperava encontrar armênios parecidos com os que ela conhece aqui e culpou os anos de influência soviética que fizeram a população se distanciar do nosso ideal de armenidade.

"Parece até que não lembram mais o passado", repetiu não sei quantas vezes.

Continuei folheando. O capítulo dos bordados era o campeão dos post-its. Aline deve ter reconhecido as toalhinhas de bandeja de crochê da bisa. Quando lembro da minha avó, vejo sempre ela sentada na poltrona marrom adamascada, já bastante puída, onde costumava passar a maior parte do tempo tecendo crochê ou *zarifé*, a renda turca feita com linha fina. Sem esquecer da cestinha de vime que ela deixava no pé da poltrona com agulhas extras, rolos de linha branca e bege, dedal de metal e tesoura de ponta. O mais incrível é que o crochê da *medz* nunca desmanchou, não lembro de ver uma linha sobrando, um ponto frouxo nem um fio solto.

No meio do livro, encontrei uma folha de caderno com algumas frases escritas à mão: *as atividades manuais, principalmente os bordados, eram a maneira que as mulheres encontravam para expressar imaginação e liberdade.* Reconheci na hora a letra da Aline. *Recém-casadas moravam com a família do noivo e permaneciam quietas a maior parte do tempo.* Será que tinha falado da tia Serpuhi? Logo que se casou, a irmã do meu pai não podia falar muito nem muito alto nem diretamente com os sogros, era considerado falta de respeito. *Nessas muitas horas de silêncio, as mulheres se dedicavam a bordar, pintar, cozinhar.* Achei estranho, por que Aline anotou aquilo?

Estava ainda nos livros quando ela chegou. Viu só quanta coisa interessante, perguntou, largando a bolsa na cadeira e dessa vez lembrando de me dar um beijo.

"Deixa eu te mostrar, você tem que ver isso..."

Que tanta animação era aquela? Pegou um livro com uma fotografia em branco e preto na capa, pelas roupas a foto devia ser de um casamento.

"Espera... só tenho que achar onde está..."

Perguntei de onde aquilo tudo apareceu. Nem sei, ela falou, alguns eram da biblioteca da USP, outros da PUC, as teses da internet, dois ou três achou na estante de casa e outros Amanda emprestou. Amanda? Não lembro de ter visto na igreja ou em casas de conhecidos livros iguais àqueles.

Abriu numa das páginas com marcador rosa ou roxo e esticou o livro aberto na minha direção.

"Dá só uma olhada, mãe, você não vai acreditar...", puxou de volta e leu em voz alta: "A mulher armênia era uma mulher emancipada que participava da vida pública, além de se dedicar aos filhos e ao marido."

Foi então que percebi, além de todo o entusiasmo, uma certa comoção na voz dela. Fiquei meio em dúvida, tinha sido impressão minha?

"Depois do genocídio, o papel da mulher mudou. Ela teve que ficar mais recolhida, assumindo a responsabilidade pela continuidade do grupo e pela transmissão das tradições", esticou o livro de novo e com o dedo fez questão de me mostrar onde a frase estava escrita.

Não, não foi impressão minha, a voz dela realmente tinha falhado.

Um alarme tocou. Não dava para esconder que Aline estava sofrendo algum tipo de lavagem cerebral. Por quê, o que queriam, se apropriar da minha história, da minha origem e também da minha filha?

Nunca quis conhecer a história dos meus antepassados. E se hoje pareço especialista citando isso ou aquilo, foi por conta das aulas obrigatórias a que Aline me fez assistir. Eu mesma nunca procurei saber, não li um livro sequer. Por que o interesse, ela ia fazer o que com tudo aquilo?

Uma outra coisa andava martelando a minha cabeça, uma cena que não me largava, eu não conseguia apagar a imagem da minha avó perdida no deserto. Fiquei horas tentando lembrar de alguma marca, sinal ou borrão de tinta nas mãos dela.

"Oi, Meguê, sou eu... tá tudo bem... sim, tô bem... você sabe se a *medz* foi raptada? Lembra se durante a perseguição ela foi levada por desconhecidos, mantida como escrava sexual, obrigada a rezar pra outro Deus? E você lembra se tinha alguma tatuagem na mão dela?"

A ligação ficou muda.

"Alô? Meguê... Meguê, você tá aí?"

"Meliné, do que é que você está falando? Raptada? Que história é essa? Estou é preocupada com você, acho melhor marcar uma consulta com o doutor Zaven, ele pode te dar um remédio pra passar essa fase."

A história dos meus avós começava só em 1928, ano em que chegaram ao Brasil, é disso que sei. Na verdade, a história deles começava um pouco antes, na confusa travessia e no ainda mais confuso desembarque. Meu avô jurava que tinha comprado passagens para Buenos Aires na primeira classe, mas, depois de cruzar o Atlântico por quase dois meses no compartimento de cargas, tiveram que descer no Porto de Santos. A ideia inicial era encontrar na Argentina a irmã da minha avó, que viajara alguns meses antes. Imigrantes, sem falar nem entender uma palavra, deixaram o navio junto com outros passageiros na mesma situação que a deles. Desembarcaram sem saber aonde ir, carregando uma mala e os filhos pequenos, os dois irmãos mais velhos do meu pai. Minha avó disse que o dinheiro que traziam foi usado nos bilhetes, restando duas moedas de ouro que ela revestiu de tecido e costurou como botões no casaco.

Buscaram ajuda de conhecidos e foram encaminhados a uma casa de abrigo comunitária em São Paulo. Um sobrado na região do Centro que dividiram com mais cinco famílias, cada uma ocupando um cômodo. As conversas eram todas em armênio ou turco. Os pratos que as mulheres preparavam eram de Marash, Zeitun, Aintab, e as refeições começavam pela oração do *Hayr Mer*, acabando muitas vezes em cantoria. Assim, juntos e com muita determinação, essa era a parte que meus avós gostavam de contar, eles se comprometeram a manter viva a memória dos antepassados preservando rituais, costumes e tradições. E não era só a parte preferida dos meus avós, era também a preferida dos parentes das minhas primas, dos familiares, conhecidos, de muitos livros, filmes, revistas, sites de internet. Todos enfatizavam esse pedaço da história de maneira bem parecida.

Já no Brasil, meu avô era cheio de histórias. Contava orgulhoso que o jornal foi seu melhor professor de português, o jornal e as ruas nas caminhadas diárias na região da 25 de Março, vendendo sapatinhos de bebê que ele e minha avó confeccionavam. Ele cortava o couro e ela costurava. Agora, a *medz*, ao contrário do meu avô, não era muito de falar. Não aprendeu a língua e se comunicava apenas com umas poucas palavras. *Birgado medz*, muito *birgado medz, medz bigrado,* vivíamos caçoando e ela nem aí para as nossas brincadeiras.

Após a morte do meu avô, era raro ela sair de casa. Sentava na poltrona marrom e, com as linhas de crochê, trançava caprichosamente um modelo, nem sei quantos ela conhecia. Depois juntava, alinhavando um por um até formar toalhas de mesa, colchas de cama, toalhinhas de bandeja e outras peças que espalhava pelos cantos da casa ou guardava para o enxoval das netas.

Com as linhas nas mãos, minha avó esquecia todo o resto. Exceto as reuniões de família, aí ela corria para a cozinha e punha as mãos enrugadas para trabalhar mais. Enrolava a massa no cabo de vassoura e assava o pão fino, e que pão! O doce com cabelinho de anjo, o macarrão no ponto certo, a calda de açúcar por cima, sem exagerar na ricota do recheio, só de lembrar me dá água na boca. Preparava pão de *tahine* na Páscoa, *baklava* no Natal. Se não tivesse comemoração especial, inventava de assar *mantá*, doce de queijo, nem sei como ela arrumava força para desgrudar o queijo do fundo da panela. Nesses dias minha avó se transformava. O semblante sério se abria, as roupas sisudas com cara de velório nem pareciam mais tão austeras. Os fios azulados dos cabelos grisalhos, presos por uma fivela de tartaruga na altura da nuca, se alinhavam com esmero. E os olhos, que pareciam sempre tristinhos escondidos atrás da enorme armação dourada dos óculos, não paravam quietos de tanto piscar.

Não, minha *medz* não tinha nenhuma tatuagem, a marca que ela trazia não dava para ver na pele.

Três meses internada. Se antes eu arredondava os minutos, no hospital abandonei de vez o tempo. Os dias iam passando, não sabia mais o que era relógio, calendário então, nem se fala. Mas o que mais incomodou, o que acabou mesmo comigo naquele quarto branco, limpo, imune a bactérias, a germes, a sei lá mais o quê, foi a escuridão. Tudo era noite, e noites longuíssimas, do tom mais escuro e fechado que se possa imaginar, de um breu, uma pretidão.

Foi horrível. Ainda assim, não que eu queira comparar, não é isso, no hospital existia uma equipe que se mostrava sempre disponível. Traziam o café da manhã, almoço, chá da tarde. E de noite me sedavam, ou pelo menos tentavam. Agora, em casa, antes de todo o mal-estar, claro, eu não contava com nada disso. Não estou dizendo que seria bom um home care permanente, de jeito nenhum, difícil explicar. É que em casa eu me sentia meio solta, sem apoio, sabe, uma marionete com os fios emaranhados, emaranhados não, cortados. E, se eu mal dava conta de mim, como é que ia fazer com Aline?

"Vem ver essa foto, filha, olha essas bochechinhas... topa bater um bolo mais tarde?"

Aline nunca podia, cada hora era uma coisa.

Fora o surto de curiosidade que tomou posse dela. Precisava passar na biblioteca, procurar um livro, tirar cópia não sei onde, pesquisar não sei o quê, que história toda era aquela. E tudo dizia respeito às mulheres. Elas eram as responsáveis pela reprodução demográfica, elas é que mantinham o grupo, preservavam as tradições, protegiam as gerações seguintes, garantiam a armenidade, eram elas que carregavam o fardo, mas que fardo?

"De ter que repetir, repetir, nunca parar, não deixar morrer..."

Me estiquei na cama. Eu nem pretendia dormir, ainda estava de roupa, a mesma que tinha usado no dia anterior, no antecessor e sei lá que dia mais. A ardência do estômago estava pior, tomava xícaras e xícaras de chá. Tentei até um preparo de boldo, hortelã, camomila, erva-cidreira e capim-limão que minha mãe fazia quando meu pai exagerava no *bastermá*. Não sei se aliviou, pelo menos me ajudou a tirar uns cochilos mais longos.

Peguei no sono sem perceber. Acordei de madrugada com um cheiro forte de queimado. Fui ver de onde vinha. Abri a porta do quarto, tudo embaçado. Fiquei na dúvida se era vista cansada, se ainda dormia. Um tule opaco cobria as paredes, o chão, os degraus da escada, eu não conseguia enxergar direito. Segurei com cuidado no corrimão e fui descendo apoiando um pé depois do outro. Que névoa era aquela. Dentro da minha casa. Lembro de repetir que aquilo só podia ser alucinação, essa ideia de novo. Podia estar enxergando coisas de mais ou de menos. Esfreguei as pálpebras, pisquei várias vezes, fechei os olhos por alguns segundos. Não, não eram meus olhos, uma fumaça tinha invadido minha casa, mal dava para ver os móveis, o teto. E mesmo com a visão afetada, sem conseguir enxergar um palmo na minha frente, continuei andando. Precisava atravessar a sala, sair no quintal, ver de onde é que vinha o cheiro. Prendi a respiração, cobri o nariz com a barra da blusa, ou moletom, nem lembro mais, e fui até a porta que dava para o jardim. Boca seca, mãos trêmulas, meu corpo inteiro chacoalhava, a pele ardia, ressequida. Parei na frente da porta pantográfica. Nem precisava chegar mais perto, senti a quentura correndo pelas paredes, pela porta, pelo chão. Puxei a cortina. A luz machucou meus olhos, que já não paravam abertos de tanto lacrimejar. Fiquei ali parada, me esforçando para engolir a saliva, fazendo força para conseguir olhar. Meu ateliê era uma chama só. Tudo queimava. Um fogo alto engolia a edícula com violência assustadora. Lembro do calor, da fumaça, do brilho, especialmente do brilho. Comecei a tossir, senti minha garganta fechar de vez, devia estar sufocando, mas não me mexia do lugar. Era o meu ateliê que queimava. Estava tomado pelas labaredas. Não sabia se corria, se tentava salvar as coisas lá dentro, o que ainda restava, mas como? Nem porta existia mais, a madeira chamuscava, pedaços de vidro voavam e se estilhaçavam, barulhentos, no chão, como é que eu ia atravessar o fogo? Nem sei se pensei tudo isso, mas lembro que ensaiei alguns passos na direção do quintal. Foi aí que ouvi. Parecia música, um canto, não sei dizer, me chamando para entrar no ateliê, como se eu pudesse entrar no meio das chamas. Não, não podia virar as costas. Segurei a alça da porta com a barra da blusa. Abri. Dei o primeiro passo e senti um tranco. Era Aline me puxando, tentando me tirar dali. Eu não me mexia para lado nenhum. A boca de Aline fazia gestos, Sireli latia muda, o barulho das chamas era mais alto, era gigantesco, tragava tudo ao redor. Ia me levar também. Aline cravou as unhas na minha pele, me puxou com mais força. Perdi o equilíbrio e quase caí em cima dela. Continuou me puxando até meus braços arderem, ela não me largava, e me puxou até sairmos de lá.

Nas últimas semanas, eu passava as noites no ateliê. Deitava lá mesmo, esticada no chão, no meio dos álbuns. E sem perceber caía no sono, se é que dá para chamar de *sono* as sonecas que eu tirava. Raramente ia para o quarto. Quantas vezes Aline falou para eu não ficar de madrugada no ateliê? Quantas vezes me chamou para subir com ela? E quantas vezes falou do perigo de cochilar com as velas acesas? Não teve um dia que eu tenha lembrado de apagar, nunca apaguei uma vela, deixava as chamas acesas até a luz acabar.

Algum vizinho deve ter chamado os bombeiros. Sirenes e luzes vermelhas invadiram a rua, estacionando o caminhão na frente da minha casa. Ainda hoje me impressiono com a chegada escandalosa. Mais detalhes não lembro, não sei como entraram, o que fizeram, quanto tempo levaram. Eu e Aline ficamos na calçada, nós e a vizinhança inteira que saiu de pijama, roupão, chinelos. Teve uma moradora que apareceu usando uma camisola transparente. Ou, muito exibida, ela se aproveitou da situação para desfilar pelada sem o menor senso de ridículo, ou nem percebeu os seios quase de fora. Tentavam acompanhar o show das janelas, de cima das muretas, nos portões, meio-fio, de onde desse. Nós duas demos um showzinho também, Aline me abraçava, me beijava, não parava de beijar meu rosto, meus braços, minhas mãos. Estou bem, tá tudo bem, eu falava, não adiantando nada.

Um morador com um roupão grosso de listras azuis se aproximou e perguntou se arranhei os braços tentando sair dos escombros. Que exagero. Notei que o sangue dos arranhões escorria pelos meus braços traçando linhas fininhas, um tanto macabras. Olhavam alarmados. Alguns se aproximaram perguntando como estávamos, trouxeram água, leite, cobertor. Uma vizinha que eu nunca tinha visto nem sabia em qual casa morava foi buscar antisséptico e esparadrapo e fez um curativo nos arranhões, que não paravam de sangrar. Depois ofereceu sua casa, disse que podíamos contar com ela, era só chamar. Soraia. Deve ter se apresentado, não lembro, só soube o nome tempos depois quando mandei um bolo para agradecer a atenção daquele dia. Eu, que nunca olhei na cara de vizinho nenhum.

Antes do amanhecer os bombeiros já tinham controlado o fogo. Bruno veio rápido, nem sei quando soube. Ele tentava acalmar Aline, que uma hora tremia de frio e se enrolava na manta, na outra se queixava de calor, querendo até arrancar a blusa.

Sireli foi a única que pareceu tranquila. Deve ter se agitado, latido, mas não lembro de escutar sua voz. A não ser quando chegamos no hospital, sim, Bruno nos levou ao hospital, estava preocupado com a quantidade de fumaça que respiramos, fora o frio-calor de Aline. Foi uma luta segurar Sireli, Aline continuava agarrada em mim e Sireli não soltava Aline. Bruno teve que ficar com ela no carro. Recepção, cadastro, carteirinha, assina isso, mais aqui ali, fomos encaminhadas para o pronto atendimento. Aline ficou deitada na maca recebendo medicamento na veia e eu chumbada na poltrona do lado. Nem sei o que nos deram, com certeza algum ansiolítico potente.

Na volta, tive que ficar uns minutos parada na porta. Procurei rachadura, fissura, buraco, pintura lascada. O fogo atingiu só a parte de trás, nem sei que tanto eu procurava. E mesmo depois de examinar se minha casa continuava firme, se a construção tinha aguentado, eu transpirava, por que suava tanto? O único estrago visível era uma fuligem fininha, como se tivessem revestido a casa com um enorme véu translúcido. Eram camadas e camadas de pó para tudo que é lado, lembro bem daquela imagem devassa. Muito pior foi olhar meu ateliê. Dele não sobrou nada, nenhuma parede, nem um pedacinho de álbum, resto de foto, fio de cabelo, nada. O mais triste era que eu não conseguia chegar perto nem para me certificar daquele nada. Era lixo, cinzas, escombros, tudo, tudo destruído. Uma *devastação*.

Senti uma pontada na cabeça, lembro da sensação pavorosa, tive que sair correndo. Aline falou qualquer coisa, não lembro, só sei que entrei no carro, ou melhor, entramos, eu, Aline e Sireli.

"Oi, pai, está, tá tudo bem", dava para escutar a voz do Zohrab do outro lado da linha. "Não, a gente ainda não sabe onde ficar, é, vai precisar de alguns dias, é, o cheiro tá forte, tenho um pouco, sim, é... ela tá bem", e se virou para me olhar.

Assim que desligou, Aline sugeriu procurar um hotel.

"Uma noite só, mãe."

Eu nem tinha me dado conta de ter pegado dinheiro. Olhei no banco de trás e vi minha bolsa, a bolsa da Aline e uma mochila.

A atendente do hotel logo apontou para uma vasilha de água. A decoração era simpática, poltronas vermelhas, paredes azul-royal, banquetas amarelas, bancos de jardim laranja e verde-água. Parecia uma brinquedoteca ou buffetzinho infantil.

"Melhor opção impossível", Aline disse.

O apartamento era compacto. Pia fora do banheiro, chuveiro e vaso separados, o chuveiro no box, a privada do outro lado atrás de uma porta blindex.

Pra uma noite tá ótimo, ia falar o quê, tinha assistido à Aline ligar para não sei quantas acomodações que aceitam animais.

Uma cama de casal e uma de solteiro por cima, tipo beliche, e uma mesa com cadeira acomodadas na lateral, em um espaço mínimo, assim era o quarto. Aline deitou na cama de cima, tomou um comprimido que o médico do hospital receitou, não demorou nem meia hora, apagou.

E eu, pois é. Mudei a posição do travesseiro, estiquei o cobertor, me descobri jogando o edredom de lado, sentei, voltei a deitar, não consegui. Ouvia sons, buzinas de carros na avenida, zum-zum-zum de vozes no corredor, hóspedes abrindo e fechando porta, ruídos da minha barriga, da minha respiração, da minha cabeça inquieta, eu não parava de transpirar.

Levantei com ânsia, calafrios. Prendi a respiração e me segurei para não sair correndo, não queria acordar Aline. Fui para o banheiro na ponta dos pés. Sireli levantou a cabeça, me olhou uns instantes e voltou a deitar encolhida no canto. Fechei a porta do box tomando cuidado, cheguei se estava mesmo fechada, tirei minha roupa toda, me ajoelhei, pus a cabeça no vaso e vomitei um líquido ácido, sem cor, um líquido gosmento. Vomitei pela boca, pelo nariz, o xixi escorreu pelas pernas ensopando o ladrilho, a toalha do piso. Ao mesmo tempo, me deu dor de barriga, uma cólica terrível, com espasmos, mais violenta que o vômito. Grudei naquela privada, naquele banheiro, naquele espaço zé-ninguém. Pensei que não fosse mais parar de sair vísceras, excrementos, fezes. Me senti como se tivesse engolido um caminhão de lixo, não, eu é que era um lixo, aquilo tudo não vinha de dentro, eu é que tinha virado um monte de estrume. Horrível. Não, muito mais que horrível, eu me sentia desprezível. Só tinha sobrado aquilo de mim. Mais nada. Não podia nem pensar em me olhar no espelho, ia enxergar titica, dejeto e tudo o mais que estava ali dentro da privada. Eu, aquele fedor, naquele banheiro repugnante. Rastejei no azulejo frio, o corpo ensopado de suor. Saí do cubículo e me arrastei até o box do chuveiro. Liguei a torneira. Liguei e desliguei diversas vezes alternando água quente e fria para ver se o choque térmico aliviava o mal-estar. Esfreguei a toalha com força. Usei sabonete, shampoo, os potinhos todos que estavam na bancada. Quase esfolei minha pele tentando aliviar a porqueira imunda que eu era. Desabei, bunda no chão, costas na parede.

Nem encostava em toalha de hotel, morria de medo de pegar infecção urinária, e eu lá, pelada, rastejando naquele piso gelado. Passar mal num banheiro de hotel, só de pensar já me sentia contaminada, agora, passar mal daquele jeito? Não podia ter sido no *meu* banheiro? Pelo menos não sentiria tanta vergonha de emporcalhar um lugar estranho, duro, impiedoso, nem sei como descrever. Nem quero mais descrever. Nunca mais. Nem sei como lembrei tantos detalhes. E ainda por cima, disto nunca vou esquecer, tive a sensação de que alguém me observava. Eram muitos, como eu vou saber quem era, tinha gente me espionando. Olhavam pelas frestas, pela fechadura, sim, poderiam ter me filmado. Chorei baixinho. Culpa, remorso, arrependimento me empurravam para dentro daquela privada. Não conseguia parar de pensar que eu deveria ter ido junto. Deveria ter queimado com meus álbuns, minhas fotos, minhas lembranças, estava tudo lá, o que mais sobrou?

Passei a noite inteira me arrastando de um box a outro. Aline, chumbada, de tal maneira medicada, não percebeu o movimento, o cheiro, ruído nenhum. E eu naquele interminável descarte por cima e por baixo, se é que posso usar essa palavra para descrever o horror por que passei. Nem sei como nem quando um ufa saiu da minha boca. Da janelinha do banheiro, vi que o dia finalmente clareava.

Aline acordou disposta. Alongou os braços, esticou as pernas. Enquanto ajeitava o pijama e a nécessaire na mochila, ligou na recepção e perguntou se o hotel oferecia café da manhã.

"Não deu pra dormir muito, né?", perguntou notando que eu estava um pouco pálida. Deve ter achado pouco, porque logo voltou para a mochila, conferindo se tinha arrumado tudo. Quanto ao estado do banheiro? Falei que no meio da noite tive um leve desarranjo, e, convencida, não perguntou mais nada.

Descemos. Sem desviar os olhos do celular, Aline comprou dois sanduíches de queijo e peito de peru, suco de laranja e garrafas de água. Me afastei rápido. Ela acertou a diária com uma atendente diferente da que nos recebera, uma moça que não parava de sorrir. Que tanto ela sorria? A funcionária conferiu a conta, e sorria. Passou o cartão de crédito na maquininha, e sorria. Deu a segunda via para Aline, e sorria. Me viu no banheiro, é isso? E estava se divertindo com a minha cara. Era isso, só podia, a atendente debochava de mim em público.

Aline a mil, empenhada em organizar a bagunça, não percebeu meu aspecto destruído nem meus olhos fixados na recepcionista. Ligou para a diarista, para Meguê, agendou um mutirão de limpeza, contratou uma caçamba de lixo, não parou. Por último ligou para o Zohrab avisando que estávamos saindo do hotel. E eu ali empalamada, sem desviar os olhos da funcionária, morrendo de medo de me desfazer, de me mostrar imunda, ainda mais na frente daquela enxerida. Depois de não sei quantas ligações, Aline perguntou se eu lembrava de mais alguém para avisar ou fazer alguma outra coisa. Com a voz fraca, respondi que não, nem força para falar tinha restado. Só então Aline se deu conta de que eu não estava bem.

"De jeito nenhum, hospital eu não vou."

As ligações estavam funcionando, um mutirão tinha sido acionado. A faxineira já ia começar, Meguê se encarregou de comprar produtos de limpeza, sacos de lixo, e uma equipe confirmou que viria tirar a sujeira pesada no dia seguinte. Tudo organizado. Mas o cheiro na casa continuava forte, eu sentia meu nariz arder, a cabeça latejar, o corpo doer. Não, por favor, não, implorei, supliquei, mas não adiantou. Vômito, diarreia, tontura, calafrios, tudo de novo. Num momento de trégua, quando consegui ficar de pé, abri a gaveta e tomei todos os remédios da caixa de primeiros socorros. Digestão, flora intestinal, antitérmico, analgésico, fui tomando o que encontrei até sair do banheiro.

Desci, Aline arregalou os olhos.

"O que você acha de ficar uns dias na tia Meguê?"

Na Meguê não, respondi.

Não tinha como encarar minha irmã, não conseguiria olhar para ela, pelo menos não naquela hora e muito menos naquele estado. Peguei o celular, nem sei de onde veio o impulso, procurei o número na agenda e liguei para Carlota. Não nos víamos há anos. Depois do divórcio e das brigas na família, passei a conviver cada vez menos com minha cunhada, ou melhor, ex-cunhada. Expliquei o que tinha acontecido, falei do incêndio, da indisposição, de não saber aonde ir. Até estranhei quando perguntei se poderia ficar uns dias na casa dela.

"Vem já pra cá."

Zohrab tem três irmãos. Duas irmãs mais velhas, Alice e Zabel, casadas com dois irmãos, e um mais novo, Antônio. Melkon era o nome do meu sogro e seria o do meu cunhado, seguindo o costume de herdar o nome do pai ou do avô. Zohrab recebeu o do avô, então era a vez do irmão de herdar o nome do pai. Mas, alguns dias antes de ir para a maternidade, minha sogra sonhou com Antônio e cismou que o bebê ia se chamar Antônio. Foi aviso, disse ela, quem ia contrariar. Ficou Antônio Melkon.

Como brigaram, como meus sogros brigaram com ele. Antônio namorava há tempos Carlota, uma *deghatsi*, diferente dos *hay*, os nascidos na *hayrenik*, a pátria ancestral armênia. Naquela época existia certa pressão dos mais velhos, eles faziam força, insistiam mesmo que os casamentos fossem entre pessoas da colônia. Antônio bateu o pé, disse que gostava dela, queria casar com ela. Depois de muita briga, rixa, atrito, meus sogros concordaram. E receberam Carlota com uma condição: o casal deveria aceitar e seguir todos os costumes armênios.

Sim, disseram eles, mas não seguiram todos.

Eu chamava meus sogros de *hayrig* e *mayrig*. Era assim, fazíamos parte da família do marido como filhas. Carlota não gostou, disse que não se sentia bem em chamar os sogros dessa maneira, eles não eram os pais dela. No começo, não se dirigia a eles, pedia para eu chamar por ela ou ficava na frente deles quando precisava falar alguma coisa. E por bastante tempo foi assim. Até que um dia perguntou à minha sogra se poderia chamar dona Arsiné e seu Melkon do mesmo modo que Antônio chamava os pais dela. Minha sogra não respondeu, não falou nem sim nem não. Reclamou com as filhas, com o marido, comigo, fez cara feia, emburrou, não adiantou, Carlota continuou a usar *dona* e *seu*. Minha sogra não se acostumou. Pediu então que chamasse eles de tios, soava mais familiar e não tão cerimonioso como *dona* Arsiné e *seu* Melkon.

Aí fui eu que travei e não consegui mais usar o *mayrig hayrig*. Cada vez que precisava falar, pigarreava ou pedia para Carlota chamar por mim. Mas por que não faz igual? Vai, aproveita a deixa e pede. Empaquei. Não sei quanto tempo fiquei sem dirigir uma única palavra, chegava perto, olhava até eles me olharem de volta, até me darem atenção. Carlota não se conteve. Perguntou à minha sogra se não seria melhor as duas noras chamarem de *tios,* não soa estranho uma chamar de um jeito e a outra de outro? As duas são noras, não são? Minha sogra estrilou.

E ficou bastante atenta a qualquer movimento que viesse da nora *deghatsi.*

Carlota teve dois meninos. Foi mãe integral por uns meses e, para horror dos meus sogros, logo retomou o trabalho de professora do ensino fundamental, quarto ano, se não me engano. Como dava aula, nunca conseguia ir às atividades. Bingo durante a semana, nem pensar, almoços beneficentes, não dava, visitas, lanches, reuniões, impossível. Além de não ir aos aniversários dos parentes, que nem eram tão próximos, mas deveríamos estar sempre presentes. Não ia porque trabalhava, não podia porque dava aula. Aos poucos passou a não ir a nenhum evento da colônia.

Foi o fim para a tia Arsiné. Mas o que mais incomodou, o que tirou mesmo minha sogra do sério, foi Carlota não ter entrado na comunidade nem tomado parte da causa armênia, preferindo ter vida própria. Assim também era demais. Tia Arsiné resolveu declarar guerra, não que isso já não estivesse subentendido. Excluiu a nora de tudo o que podia e também do que não podia. Convenceu o marido a mudar o contrato social da empresa, a firma foi transferida para o nome do Zohrab. As filhas mulheres ficavam de fora, como era o costume, e Antônio foi excluído também.

"Fiz para proteger meus filhos, proteger meu marido, proteger a fábrica."

Não sei quanto tempo passou nem como Carlota ficou sabendo. O marido deve ter comentado sem perceber, ou ela pediu dinheiro e viu que dependia da liberação do irmão mais velho. Só sei que foi um bafafá. Gritos, choros, xingamentos. Carlota bateu boca com minha sogra, falou tudo o que queria, o que não queria e o que devia estar entalado há tempos. Tia Arsiné não deixou por menos e respondeu com um repertório intraduzível de palavrões em turco.

"Sua *orospu*. Meu filho te pegou na rua mesmo."

Deli bok, esek soavam até mais pesados pela ênfase com que saíam da boca da minha sogra. A briga durou meses, não poupou ninguém. Carlota não falava mais com meus sogros nem com minhas cunhadas, Antônio não falava com as irmãs, os cunhados também não se falavam. Tentei ficar de fora o máximo que pude, sem tomar partido, ouvindo o que vinha de um lado, o que vinha do outro.

"Nossa sogra é uma bruxa, uma bruxa, é isso que ela é, controla os filhos como se fossem bebês, todos debaixo da saia dela. Antônio precisa é desmamar da mamãe! Ele parece um *infans*, nunca vai deixar de ser um *infans*."

Carlota exigiu que o marido tomasse uma decisão, ele tem que se posicionar, ou ficava a favor dela e dos filhos ou com a mãe. Antônio procurou conversar, fazer uma mediação, adiou como pôde o confronto. Meu sogro em seguida teve problema de pressão e foi internado. Minha sogra então nem quis saber, chorava o dia inteiro, amaldiçoando a nora por desunir a família. E Antônio, se sentindo culpado, não reclamou, não se manifestou nem voltou a falar do assunto. Carlota acabou pedindo o divórcio. Entrou com um processo longuíssimo, reivindicando os direitos dela e dos filhos, conseguiu negociar o apartamento e uma pensão razoável para as crianças. Foi um escândalo, imagine uma mulher exigir alguma coisa.

"Só podia mesmo ser uma *deghatsi* pra fazer o que fez", minha sogra disse mais de uma vez, seguido, claro, pelo repertório interminável de palavrões em turco.

Carlota já nos esperava no hall do elevador. Foi o tempo do trajeto de Pinheiros até os Jardins para ela ligar na farmácia, colocar uma canja no fogão, arrumar as camas no quarto dos filhos.

"Agora me conta, querida, o que cê tá sentindo?"

Não lembrava do apartamento dela, devo ter ido umas duas, três vezes no máximo. Nem da torre do condomínio com piscina, playground, sala de brinquedo, ginástica, aula disso, daquilo. Mas lembrava do sol disputando um espaço mínimo naquela sala lotada, mais cheia ainda de tralha.

Carlota adora viajar e adora comprar todo tipo de objeto que vê na frente. Nem sei se dá para chamar o apartamento dela de moradia ou residência. Museu de souvenir talvez... não, também não. Bonecas antigas japonesas, olho turco atrás da porta de entrada, vikings da Islândia ao lado da miniatura do Taj Mahal, cerâmica da África do Sul, cristal de murano com fitinhas do Senhor do Bonfim, xales mexicanos nos braços dos sofás. Até no forro da sala de jantar ela conseguiu pendurar uma tapeçaria pré-colombiana. Acho que o apartamento está mais para um caleidoscópio de misturebas esquisitas. E as peças não estão dispostas de qualquer jeito, como se Carlota tivesse colocado por acaso, não, foram organizadas cuidadosamente ao lado de fotos e livros das viagens. Mesmo assim, a impressão é de total desalinho.

Além de viajar e, claro, encher a mala de bugigangas, Carlota adora falar das suas peregrinações. "Te contei do curso de ioga que fiz na Índia, três semanas imersa em meditação no meio dos campos de arroz, desligada de celular, três semanas sem celular, acredita," não tinha jeito de fazer ela parar, "e do arquipélago de Anavilhanas, te contei da Amazônia, que viagem, eu me esbaldando na graviola enquanto um tucano mordiscava tranquilo as folhas do alto da árvore".

"Meliné, querida, não acha melhor fazer um exame? O médico manda um pedido digital e te levo agora para o laboratório."

E eu tinha condições de sair?

Apaguei de um jeito que só consegui levantar da poltrona para continuar derrubadaça na cama. Carlota nos acomodou no quarto dos meninos. Os dois estão nos Estados Unidos, um faz mestrado em Harvard, o outro trabalha no mercado financeiro em Chicago. Durante as manhãs, passei a maior parte do tempo prostrada na cama ou na espreguiçadeira da piscina. E às tardes, enquanto Carlota corrigia as provas dos alunos, ouvia deitada no sofá as histórias das viagens dela.

Aline ficou junto um dia, dois. Acho que nem isso.

Uma semana, não lembro se fiquei esse tempo na Carlota, só sei que foi demais. No começo me senti bem. Descansei, me alimentei com comida de verdade, aproveitei os mimos, o zelo todo dela. Mas depois de alguns dias eu não aguentava mais. Querida, as coisas mudam, cansei de ouvir, hoje você fica sabendo de um e outro que não deu certo, casou de novo, quantas vezes escutei isso. Sem falar o quanto Aline me agoniou com aquela coisa de ficar o dia inteiro pra lá, pra cá, tinha organizado tudo, que tanto ainda fazia. E Sireli, onde andava? Na casa do Bruno, ela estranhou ficar sozinha. E eu. Eu não estava estranhando?

Carlota percebeu o quanto eu grudava na tela do celular. Sossega, é assim mesmo, os filhos crescem, e repetiu isso não sei quantas vezes. Depois desandou a falar que eles têm que aprender a se virar, era importante se tornarem adultos, adultos maduros, independentes. Lembro que até livro de cabeceira ela pegou para me mostrar.

Era só ter ficado menos. Tinha cansado das conversas, das histórias dos filhos, ela fez assim, era assim que dava certo, eu devia fazer igual, olha só como seus filhos estavam se saindo bem.

"Solta a sua filha."

Quase surtei quando Carlota falou isso.

Não aguentava mais ouvir histórias de viagem, ela foi não sei aonde, conheceu não sei que país, viajou por tantas horas para chegar nem me lembro em que cidade e trouxe não sei que peça de lá. Tanta quinquilharia, pra quê? Uma casa sem filhos, sem raiz, como é que uma pessoa aguenta viver assim. E a maneira como Carlota tratou minha separação. Não entendeu nada, não percebeu o que eu estava passando e fez pouco caso do meu sofrimento. Imagine comparar minha separação com a dela, quanta insensibilidade. Sem falar dos roteiros que inventou, vamos, Meliné, vai te fazer bem. Chegou até a ligar numa agência para saber preço de passagem para o Chile. Como se viajar fosse resolver alguma coisa.

Tirando o cheiro, não dava para notar que teve um incêndio na minha casa. Estava tudo em ordem, limpíssima, acho que não via uma boa faxina desde que Zohrab tinha saído. Quer dizer, não dava para notar até chegar no quintal. Manchas pretas, fissuras nas paredes. Uma abertura tosca onde antes existia a janela. Piso chamuscado, tábuas desfalcadas que pareciam tocas de bichos. No forro da edícula, melhor dizendo, ex-edícula, um pedaço de reboco preso por um fio num cai não cai, qualquer hora ia desgarrar do teto. Não tinha restado uma foto ou folha solta, nem um papel rasgado para contar história. Do jardim, então, nem se fala. Uma lasca carbonizada do tronco da jabuticabeira fincada na terra, só. Não sobrou um verde, nenhuma folha sequer para lembrar o meu jardim querido.

Uma dor. O estômago, que andava melhor, voltou a pressionar com força triplicada. Não, de novo não, nem adiantou pedir, rezar, muito menos suplicar para Nossa Senhora das Dores. Passei não sei quantos dias fechada no quarto escuro, deitada de barriga pra cima, levantando só para ir ao banheiro, num ritual que, pelo amor de Deus, não vou trazer aqui de novo. Não conseguia me olhar. *Astvats*, se eu cruzasse com alguém parecido comigo na rua, virava as costas sem nem pensar e saía correndo.

Se não bastasse meu retiro forçado, teve também o maldito daquele sonho. A estação, o apito, era só fechar os olhos que o trem voltava. E voltou trazendo uma personagem nova. Lá pelas tantas, apoiada numa bengala, aparecia uma senhorinha andando devagar. Carinha redonda, bochechas rosadas. Esboçava um cumprimento, eu não sabia se era comigo, os lábios pareciam colados como se estivessem chumbados com cola instantânea. Ela parou ao meu lado e perguntou: "Você não é a filha da Vergin Titizian?". Parecia familiar, devia com certeza ser alguma conhecida. "Sua mãe e eu éramos muito amigas," ela continuou, "nós fazíamos parte da diretoria da igreja." Por mais que me esforçasse eu não conseguia lembrar quem ela era. "Sua mãe era muito respeitada, sempre trabalhando pela comunidade... como Vergin faz falta...", as palavras sumindo no final. De repente, seus olhos se tingiram de sangue. Não lembrei quem ela era, nem sei se a conhecia, mas lembro da adrenalina pulsando e eu olhando em volta à procura de Meguê, das minhas primas, de um rosto conhecido.

"Sabe o que sua mãe diria para você, *aghjig*?"

Não, eu não queria mais ouvir, mas não via jeito de escapar.

"*Amot*", ela gritou.

As pessoas ao redor olharam e, com o indicador apontado na minha direção, gritaram mais alto:

AMOT, AMOT, AMOT.

Eu devia ter mais ou menos dezesseis, dezessete anos. Estávamos de férias em Santos, nosso grupinho reunido na sorveteria a uma quadra do apartamento dos meus avós. Era perto, podíamos ir sozinhas – *sozinhas* quer dizer que podíamos ir com as primas, sem os pais.

Alguém teve a ideia, a infeliz ideia de fumar. Queríamos saber como era, a posição dos dedos, segurar o cigarro. Tia Ovssana, cunhada da tia Never, fumava cigarros coloridos e achávamos chiquérrimo o jeito dela de soltar a fumaça. Resolvemos experimentar. Compramos um maço, acho que vendia lá mesmo na sorveteria. Nem sei qual foi a sensação na hora, mas lembro bem como foi o depois. O maço ficou comigo, e ele ter ficado na minha bolsa fez toda a diferença.

Entramos no apartamento e minha mãe começou a gritar.

"Fumar? Onde já se viu menina fumar? E com essa idade? Vocês acham que podem fazer o que querem, é?" Minha mãe esbravejava, nervosíssima. "Onde vocês estão com a cabeça? Que tipo de mãe vão pensar que eu sou?"

Claro que tentamos negar, inventamos mil desculpas, mas o cheiro denunciava.

"Vocês têm um sobrenome, um sobrenome, e é assim que usam?"

Ela puxou a bolsa da minha mão, vasculhou, virou de ponta cabeça espalhando tudo no chão, o maço ali confirmando nosso crime. "Não fumaram, hein, eu bem que sabia, eu sabia que era coisa de dona Meliné, na sua bolsa, o cigarro só podia estar na sua bolsa, nem vergonha de mentir você tem."

E escutei *amot* até não poder mais.

Bagunça, desordem, separação, era *amot*. Comportamentos estranhos, crenças diferentes, fora do padrão tradicional, eram *amot*. Tudo para minha mãe era *amot*, tudo era uma vergonha. Acho que teria sido menos dramático se o maço tivesse ficado na bolsa de Meguê, menos intenso talvez. Não sei, para dona Vergin qualquer coisa era motivo de escândalo. E não acabava aí. Eram dias e dias de sermão, cara feia, castigo. Sempre que algo escapava da mão dela, fugindo ao controle, minha mãe caía de cama reclamando de dor de cabeça, fraqueza nas pernas, tontura. Pedia para chamar o médico, comprar não sei quantos remédios, ligar para as irmãs, para as cunhadas, buscar água, comida. E nós, preocupadas, nos sentindo as causadoras do mal-estar, nos devotávamos vinte e quatro horas do dia a ela, e se o dia fosse maior seriam mais horas de atenção total à minha mãe.

Como é difícil viver sem sentido, sabe o que é isso? Não ter vontade de levantar, sentir que não tem chão, não se importar com nada nem com ninguém. A não ser com minha *medz*, eu não conseguia parar de pensar nela. Privação, pobreza, fome, ela passou por tanta coisa, como foi que minha avó aguentou. Imagine, eles tiveram que ficar em acampamentos, campos de refugiados, nem sei, será que esperavam um dia voltar? Aline disse que um tratado internacional foi assinado algum tempo depois, em 1923, bastante tempo depois do extermínio, e o tão esperado Estado armênio não foi criado. O que isso não significou? Deve ter enterrado de vez a esperança deles. E eu sem sair da cama, me sentindo cansada, muito cansada.

Aline não me deixou um minuto. Subia e descia a bandeja com sopas, cremes, sucos. Dia sim, dia não, trocava os lençóis, me forçando para debaixo do chuveiro, até batom vermelho ela passou em mim. Confesso que nunca tinha sentido um amor tão grande. Tanto carinho, tanto cuidado. Foi então que percebi. Aquela dedicação da minha filha, a entrega dela me fez levantar. Foi Aline. Levei bastante tempo para entender como uma pessoa como minha mãe, que não podia nem ouvir falar em depressão, caía estatelada na cama. E só levantava quando recebia cuidado intensivo das filhas. Que cega que fui, não estou sozinha, eu tenho minha filha, não era assim que minha mãe fazia? Overdose, de jeito nenhum. Eu me sentia melhor com a devoção dela, na verdade, sentia uma força incrível. Uma força que me fez levantar. Dá até para usar a palavra *sobrenatural*, sim, é uma boa escolha.

Tudo parecia estar se encaminhando. Aline negociou com o pai uma pensão, uma quantia razoável que cobriria nossa despesa mensal. Situação financeira resolvida, respirávamos aliviadas, e eu exalava uma confiança que há tempos não via em mim. Marquei cabeleireiro, pedi à Cidinha um corte repicado e escolhi com ela um tom mais avermelhado de tinta. Acertei com a diarista duas vezes por semana, como era tempos atrás, estoquei compras na despensa, congelados da Susana no freezer. Liguei para o jardineiro pedindo que viesse dar um jeito no jardim e voltei a cozinhar. Aos poucos, a rotina do dia a dia foi voltando. Minha casa voltou a ficar cheirosa, organizada. Não que estivesse cem por cento, eu ainda sentia o estômago embolado, azia, gosto amargo na boca. Mas fiz tudo, tudo o que podia para voltar ao esquema ordenado de antes.

Inventei programas e pedi para Aline me acompanhar. Me sinto ainda meio fraca, falei, ela topou na hora. Cinema, galeria, shopping centers, nem sei mais, tardes inteiras, Aline o tempo todo comigo, igual a quando ela era criança e igual ao que fazíamos até há pouco tempo. Graças às orações que fiz para Santa Rita de Cássia, Bruno tinha viajado, ia passar algumas semanas na África buscando lugares para o tal documentário dele.

Os enjoos continuaram presentes, não respeitavam nenhum lugar. Sem falar na dor de barriga que vinha a tiracolo aonde quer que eu fosse. Se Aline não perguntou que tanto eu ia ao banheiro, que tanto eu demorava lá dentro?

"É estresse," e eu logo emendava, "mas com você me sinto melhor."

Só não fui ao médico. Aline agendou consulta, exames de sangue, ultrassonografia. Desmarquei tudo. E neguei, neguei de teimosa, neguei de todo-poderosa e escondi que estava piorando.

Não demorou Bruno estava de volta. E de volta na minha casa. Se antes o cara já se achava o bonzão, imagine depois de percorrer milhares de quilômetros de regiões remotas e povoados longínquos. Voltou aceleradíssimo. Mais magro, com barba de barbudo assumido e mais sabe-tudo, como se isso fosse possível. Aline entrou no clima. Os dois não paravam de falar, passavam dias, varavam noites, que tanto assunto arranjavam. Novas pilhas de livros foram aparecendo na mesa da sala de jantar, acompanhados de revistas, fotografias e blocos de papéis com anotações e lembretes nem sei de quê.

Naquela semana ou na semana seguinte à chegada dele, não lembro direito, os dois foram visitar uma galeria de arte no dia da abertura. Um cineasta armênio e um artista turco expunham juntos pela primeira vez em São Paulo. E aquela exposição virou assunto de mais e mais conversas.

"Você tem que ir, mãe, é imperdível. Toca fundo na gente."

Falaram tanto, mas tanto, que eu sabia de cor alguns trechos. No primeiro filme, rostos de sete mulheres contavam a história de uma adolescente armênia que conseguiu fugir para os Estados Unidos durante o período da perseguição. Quando a menina chegou em Hollywood, foi encorajada a escrever um livro baseado no próprio testemunho, adaptado para o cinema depois.

"Você viu que na véspera a autora, que é também protagonista, sofreu um colapso emocional?", Bruno e as fabulosas observações dele.

Passavam então a comentar o segundo filme. Não sem antes elogiar os artistas, como são incríveis, imagine só, idealizaram os trabalhos sem um saber do outro. O artista turco descobriu que a mulher que cuidou dele na infância era de origem armênia. Surpreso pelos pais nunca terem mencionado esse fato, ele resolveu ir ao encontro da babá. Levou fotografias, perguntou o paradeiro da família, de onde ela era, como tinha chegado na casa dos pais. E a mulher, com mais de cem anos, disse não saber sua origem, sobrenome armênio, não, ela não tinha ideia, fazia muito tempo, não se lembrava mais.

"Topa ir sábado, mãe? Eu vejo a exposição de novo com você."

Claro, respondi. Tínhamos até combinado o horário, iríamos lá pelas onze e depois almoçaríamos em um lugar escondidinho no Centro, famoso pelas esfihas que assavam na hora. Já que o jogo de forças estava descompensado, pendendo todo para o lado de lá, concordei em ter pelo menos um pouco da companhia da minha filha.

Foi quando Bruno veio com a novidade. Mal entrou, disse que Aline fora aceita como assistente na produtora de um amigo. Foi aceita para ajudar na área de pesquisa, registro e elaboração de documentários, mesmo sem experiência anterior. Detalhe importante: teria que começar naquela semana. Nem preciso dizer o quanto Aline ficou feliz, feliz não, ficou exageradamente, exageradamente também é pouco para descrever o jeito dela. Abraçou Bruno, me beijou várias vezes, dançou segurando Sireli no colo, agradeceu umas trinta vezes, como se eu e Sireli tivéssemos participado da indicação. No dia seguinte, voltou da produtora cheia de elogios: que equipe simpática, que diretor sensível, que ambiente acolhedor. Só reclamou um pouco dos horários, alguns dias ela teria que sair de madrugada e participar das filmagens com a equipe sem hora certa de terminar.

Sim, Aline começou a passar bastante tempo fora de casa. Era bilhetinho mais bilhetinho avisando que não iria jantar, ligaria mais tarde, não sabia quanto mais ia ter que trabalhar. Até bom-dia, boa-noite passaram a ser no papel. E já que ela não conseguia mais me acompanhar, anotava sugestões de museus e galerias. Inventou até uma cotação com estrelinhas nas mostras que valiam a pena. Tanto trabalho, pra quê? Se antes fui a todos aqueles lugares, era só para ter minha filha comigo, sozinha não tinha por que ir. Além do tremendo esforço que era ter que sair de casa.

Fui a uma ou outra exposição, mais para tentar me enturmar depois com ela. Ficava tão aflita, tão tensa em ter que usar o banheiro coletivo que nem conseguia enxergar o que estava exposto.

Mas tudo tem um limite.

Eu não via mais a cara da minha filha. O dia inteiro fora, nem final de semana ela ficava em casa. Aí também já era demais. Numa noite, resolvi esperar. Sentei na poltrona da salinha e fiquei até quatro ou cinco horas da manhã, não me lembro, sem desgrudar o ouvido do portão e os olhos da porta. Assim que entrou, a mão no interruptor para apagar as luzes, Aline deu um salto.

"Nossa, mãe, quase morri de susto! O que aconteceu? Cê tá bem? Por que tá acordada a essa hora?", e veio perto tentando me examinar melhor. "Aconteceu alguma coisa?"

"Eu é que pergunto. Aconteceu alguma coisa?"

A cara de quem acabou de acordar.

"Há? Não entendi."

"Você viu que horas são? Sabe quantas vezes te liguei no celular? Toca, toca, ninguém atende, caixa postal, toca, ninguém atende, caixa postal, caixa postal... eu já estava pensando em ligar pra polícia."

"Mas eu falei que eu tava com o Bruno..."

"E daí que tava com o Bruno. Fiquei preocupada. Uma menina na rua a uma hora dessas, o que uma mãe não pensa? Nem vou falar o que pensei. E o celular, serve pra quê? Pra ficar desligado?"

"Desculpa, mãe... acabou a bateria, nem percebi."

"E a mãe que se lixe."

"Nossa, não é assim..."

"Não é assim? Sabe o que é ficar aqui, imaginando um monte de coisa ruim que podia ter te acontecido e não saber o que fazer, nem pra quem ligar?"

"Calma, mãe, eu estou aqui, não estou? Tava com o Bruno..."

"Bruno, Bruno. Chega de Bruno. Eu não aguento mais, é Bruno pra cá, Bruno pra lá. E família, por acaso esse Bruno tem família? Nunca ouvi ele falar de pai, mãe, irmãos... Você espera o quê de alguém que não se importa com eles?"

"Claro que ele tem família, só não mora junto. Por que cê tá cismada com o Bruno? Ele não sabe o que fazer pra te agradar..."

"Me agradar? Alguém que mora longe dos pais, se é que tem, não convive com eles, quer me agradar por quê? Por que é que ele não agrada os pais dele," e nessa hora começei a gritar, "ou você não acha isso estranho?"

"Quem falou que ele não vê? Pera aí... Agora o Bruno é mau? Ele não serve pra mim, é isso?"

"Que absurdo! O que uma coisa tem a ver com a outra?"

"Não sei, você é que tá implicando com o Bruno."

"Eu? Ele é que parece que não liga pra nada, vira as costas pra família, isso não é estranho?"

"Do que você tá falando?", nessa hora, Aline perdeu a calma. "E o seu casamento com meu pai, era o quê? Como vocês viviam não era estranho?", ela também gritava.

"Do que *você* está falando?"

"É disso mesmo, mãe, chega desse lugar da coitadinha."

"Ficou louca? Que lugar?"

"Desse lugar de baixar a cabeça e tá tudo certo, de ficar quieta, falar amém pra tudo. Sai desse lugar, mãe! Tem que ficar aí pra sempre? Esperando, esperando o quê? Bem que a Amanda falou..."

"Você bebeu, Aline? Parece que bebeu, não estou entendendo nada. Agora você me vem com Amanda? Acha que desviar o assunto vai ajudar em alguma coisa?"

"Desviar? Depois de tudo que te falei, depois de te mostrar tanta coisa, de ver tudo que tá em cima da mesa, quem é que tá desviando? Vamos continuar como vítimas? Até quando?"

Fui tomada por uma fúria.

"Chega, Aline, eu não quero ouvir nem mais um pio."

Uma fúria enorme.

"E não sou só eu," ela continuou, "passa lá na galeria e assiste aos filmes, vai lá. Sai um pouco dessa tua bolha. Quantas mulheres não morreram, quantas não foram atacadas. Acha que não tem a ver com o que somos hoje? Vamos ficar paradas nisso? É assim que tem que ser? E é isso que você quer pra mim?"

Aline berrava de um jeito, o que era aquilo? Parecia que uma força violenta tinha se rompido de alguma entranha do seu corpo. Que violência era aquela? Quem eram aquelas duas histéricas descontroladas completamente insanas gritando?

"É nisso que dá ficar escutando bobagens. Essas historinhas que apareceram nem sei de onde… sei bem, sei bem de onde elas apareceram, Amanda, Bruno, olha só no que deu, escutar aqueles dois deu nisso aí…"

"Você acha que foram eles? Olha em volta, sai dessa tua redoma, mãe, conversa com outras pessoas, escuta um pouco essas bobagens…"

"Cala a boca, Aline! Eu não quero mais ouvir sua voz. Não quero mais ouvir essas baboseiras. Você é uma ingrata. Ingrata. Depois de tudo o que fizemos por você, você vem e joga fora desse jeito", se Aline não fosse minha filha acho que esmurraria a cara dela, não só a cara, socaria a cabeça, arrancaria a língua e quebraria todos os dentes. Faria tudo com tamanha crueldade que nem o bárbaro mais primitivo ousaria pensar em fazer igual. Não dava para reconhecer Aline. Não dava para reconhecer a mim mesma naquelas duas criaturas horrendas.

"Você quer o quê? Fala! Vai jogar na minha cara que tá tudo errado? Que minha mãe, minhas tias, que todas elas estavam erradas? É isso? Leu uns livrinhos aí e agora tá se achando toda? Acha que sabe tudo?" Estava tão enlouquecida, tão tomada pelo ódio que joguei no chão o copo de água que estava na mesinha e, não satisfeita, taquei também uma xícara de chá que se despedaçou num estrondo que pareceu trilha de filme de terror. "Família como a nossa, sim, por que não? Você é que perdeu a vergonha na cara, nessa cara aí que acabou de acordar, ou vai me dizer que não estava dormindo com o Bruno?"

"Agora eu não tenho direito de viver minha vida? Qual o problema? Olha pra mim, já sou bem grandinha, você não acha que eu posso namorar, ter amigos, trabalhar?"

"Não, não pode, não. Você me deve respeito, me deve satisfação, eu sou sua mãe. Acha que pode fazer o que quiser? Acha que vai estragar sua vida desse jeito? Eu não vou deixar, ah, não vou mesmo... e tem mais... eu não quero ver você com Bruno, nem com Amanda, nem com pessoas que eu não conheço. É isso. E ponto final. Você está proibida de falar com eles...", foi um caos, "e ai se me desobedecer. Se você fizer isso, você não é mais minha filha, nem adianta vir com desculpas depois. Eu te deixo sem nada. Nada. Sem mãe sem casa sem parentes sem dinheiro sem direito a nada. Está me ouvindo? A nada."

Aline berrava, eu berrava, Sireli latia, o que mais podia acontecer? O telefone começou a tocar. Ao mesmo tempo a campainha soou, quem poderia ser? E quem ia atender, as duas vociferando daquele jeito? A chamada insistiu, tocou várias vezes, e parou.

"Dona Meliné!", alguém chamava do lado de fora. "Aline! Tá tudo bem, Aline?", era o vigia da rua, até ele gritava.

Aquela menina dócil, amiga, companheira, não existia mais, virou outra, que eu não reconhecia de jeito nenhum. O que eu ia fazer? Continuar com aquela bagunça? Não, não dava. Era um ódio, um ódio, mas era tanto ódio que parecia que eu tinha engolido uma britadeira em pane elétrica pronta para arrebentar asfalto, cimento, concreto e tudo o mais que viesse pela frente. Aquele entra e sai, dorme aqui, dorme ali, do jeito que quer, com quem quer, na hora que quer. Não, não era a minha filha. Eu não conseguia aceitar a ideia de Aline viver daquela maneira nem tolerar outra Aline. Então não restou alternativa a não ser expulsar tudo aquilo da minha casa.

Falei com a Meguê e pedi para ela conversar com Aline. Organizei um lanche e chamei também Carmen e Susana. Aline tinha que deixar de ver Bruno, Amanda, namorar um cara de boa família, boa índole, armênio, de preferência, ou que se familiarizasse com os nossos costumes. Não importava se elas fossem intrusivas, o importante era Aline seguir o modelo dos primos, todos casados e com filhos.

"Vamos cortar essas asinhas dela", Carmen disse, logo sugerindo um encontro de Aline com o filho de um primo do Barkev. "É bom rapaz, adequado, ela vai acabar gostando, você vai ver."

Combine com a mãe, com o menino, com quem quer que seja, falei, e convençam Aline, a parte mais difícil da história. Além do mais, eu já estava na idade de ser avó, e um neto viria em boa hora, boa não, em ótima hora, todas concordaram comigo.

"Aline precisa entender que se ela continuar assim vai te deixar doente, olha só pra você, cada vez mais cadavérica," imagina se Meguê não ia apontar minha aparência, "já falei tantas vezes pra ela ir no médico." Carmen e Susana balançavam a cabeça, as três me olhando com reprovação.

Apesar do tema, do tom de urgência, das broncas que tive que escutar, foi uma tarde bem agradável. Fizemos o que melhor sabemos fazer, nos reunimos ao redor da mesa. Preparei alguns *mezzes*, Susana trouxe *boereg* folhado de queijo, Meguê passou numa doceira e comprou uma torta de maçã, repetindo trocentas vezes que não teve tempo de preparar o pudim de leite que queria trazer. Carmen veio com uma travessa de *radik*.

"Que ideia foi essa, Carmen, *radik*? E tem dentinho saindo por aqui que eu não tô sabendo?", Meguê perguntou assim que viu a enorme travessa de trigo, nozes e frutas secas que costumamos servir na primeira dentição do bebê.

"O *radik* é pra chamar o netinho. Calma, Meliné, só depois que Aline casar, não precisa me olhar assim, é *darãssa* pra ter um neto."

As três me prometeram, só faltou cruzar os mindinhos, eu podia contar com o apoio delas. Iam falar com Aline, explicariam o quanto eu precisava dela, mãe e filha não podiam brigar, não, de jeito nenhum, aquela situação estava me fazendo mal, mal para minha cabeça, minha saúde, mal para todas nós.

"Vai dar certo, fica tranquila, nós vamos alinhavar ela de volta", nem sei quem foi que falou isso.

Contei com a ajuda de Zohrab também. Deixei mensagem no celular pedindo que depositasse o dinheiro da pensão na minha conta. Não avise Aline, orientei, ela não precisa mais acompanhar meu saldo bancário. E detalhei o comportamento inadequado dela, do namorado, minha atitude para acabar com aquela proliferação nociva de ideias. Zohrab respondeu rápido, acho que não levou nem cinco minutos, concordando com minha decisão.

Pensa que acabou? Fui ainda mais cruenta, mais fundo do que podia imaginar. Elaborei um cardápio com os pratos favoritos dela e deixei fixado com ímã na porta da geladeira junto com os horários de almoço e jantar. Se Aline estivesse em casa, poderia comer, poderíamos comer juntas, mesmo sem trocar uma palavra nem olhar uma na cara da outra. Mas, se por acaso ela não aparecesse ou avisasse que viria mais tarde, eu não deixava nada, nadica, nem na geladeira guardava, enfiava tudo no lixo. Excluí seu quarto da faxina, a diarista vinha, fazia a arrumação da casa e deixava de fora o quarto dela, nem as roupas eram lavadas. Não era o que Aline queria, tudo do jeito dela? Então foi assim que fiz. Pensei em mudar a fechadura da porta, se chegasse fora do horário não ia entrar. Procurei o telefone do chaveiro, lembro que cheguei a discar o número, mas não tive coragem de trancar Aline fora de casa.

Se minha mãe criou as filhas com firmeza e deu certo, por que eu tinha que fazer diferente? Sentia a presença delas ao meu lado. Delas, sim, no plural, não era só da minha mãe, era da *medz*, da minha outra avó, minhas tias, das mulheres da minha família, do nosso grupo, estavam todas comigo.

Não foi difícil. Consegui seguir sem amolecer nessa dura disciplina me mantendo ocupada. Passava dia sim, dia não no supermercado, nem que fosse para uma comprinha qualquer. Organizava a despensa colocando os produtos na prateleira de cima, invertendo depois na debaixo, arrumando de volta na de cima. Subia e descia as ruas do Jardim das Bandeiras, Sumarezinho, Vila Madalena, repetindo alto os nomes que ia cruzando: Simpatia, Girassol, Harmonia, Purpurina, Abegoaria, mesmo que eu parecesse uma desmiolada. Ou perambulava pelas praças aqui perto tentando prestar atenção nas calçadas atapetadas, nos tipos de flores, nos formatos das folhas, em onde eu pisava, onde podia escorregar.

E foi assim. Falei que não ia ter história, e não teve, não mesmo. Foi exatamente dessa maneira que aconteceu. E depois de passar por toda essa desordem, consegui entender. Aline um dia vai entender também, ela ainda não enxergou o sentido disso tudo, mas logo vai perceber a enorme missão que temos.

E teve aquele dia. Eu não queria lembrar. Na verdade, não consigo apagar aquele dia. É sempre assim, esqueço o que quero lembrar e lembro o que quero esquecer. Quanto tempo faz que fui na exposição dos artistas armênio e turco que Aline e Bruno tanto falaram? Não deveria ter ido, fácil falar agora, na hora me deu cinco minutos, vesti uma roupa apresentável, busquei no jornal o endereço e fui.

Céu insosso cheio de nuvens, sem sol, sem cor, sem um sinal sequer de vitalidade. Os trabalhos estavam sendo exibidos no andar de cima da galeria, numa sala grande usada para projeções. Pensei em dar uma olhada, uma espiadinha só, e fiquei de pé assistindo. Mas logo mudei de ideia e me instalei num dos sofás, claro que escolhi o mais perto da porta, podia me levantar à hora que quisesse, ou precisasse. Não consegui mais sair. Quantas vezes vi os filmes, a projeção começava terminava e eu ali pregada no sofá. Que testemunhos eram aqueles? Aquilo era jeito de lembrar? E era jeito de esquecer? Resolvi ir embora, quem disse que dava, culpa da almofada fofa. Apoiei o cotovelo no braço, respirei fundo umas vinte vezes. Consegui sair no corredor e fui descendo as escadas devagarinho. Fiz todo o caminho até a entrada bem devagar.

Cheguei zonza na porta. Dei um passo, os pés pregados no cimento, só o tronco obedeceu. Não conseguia coordenar meus movimentos, qualquer bamboleio me desequilibrava. Fiquei encostada no muro até me sentir firme, firme, queria era ter meu corpo inteiro comigo. Minha barriga vibrava que nem uma desvairada. A digestão andava tão lenta que eu passava horas sem colocar algo na boca, nem lembrava se tinha almoçado. O problema maior era a tontura que sempre resolvia aparecer.

"Tá tudo bem?", escutei a funcionária da galeria perguntar. "Vou buscar um pouco de água, já volto."

Pele bem clara e aparentando no máximo uns vinte anos, ela entrou na lateral da sala de exposição. Depois de alguns minutos voltou com um copo.

"Descanse um pouco, não quer sentar? A sala de projeção não dá conta de ventilar."

Bebi um gole mínimo com medo de vomitar ali mesmo. Ela ainda esperou alguns minutos e, meio sem saber o que fazer, voltou para o lugar de onde tinha saído. E a água, de onde era? A menina tinha ido e voltado tão depressa.

Queria que Aline tivesse ido comigo. Se não fosse o Bruno... É, se ele não atrapalhasse, ela teria ido, claro que teria, não falou por falar. Teria sido diferente. *Era final de junho, fazia muito calor.* Imagens invadiam minha cabeça. *Dezenas de mulheres idosas caíam no chão.* Um amontoado de cenas. *Caíam no chão e não conseguiam se levantar.* Escutava as falas dos filmes. *A mãe de duas meninas foi espancada porque ficou pra trás, sem água, os corpos iam ficando pelo caminho.* Senti enjoo, uma dor brutal me fez jogar o corpo para a frente. *Poucos tinham esperança de sobreviver.* Eu ia cair. *Coisas terríveis aconteceram, coisas que eu não posso dizer.* Não conseguia expulsar aquelas vozes, não conseguia apagar aquelas imagens. *Contava os corpos até não conseguir contar mais.* Queria ir embora, sair daquele lugar, não conseguia lembrar se estava de carro. Nos dias em que me sentia um pouco aérea, eu evitava dirigir. Pegava um táxi no ponto perto da praça ou pedia por aplicativo, nunca no meu endereço, claro, dava um número diferente e esperava mais adiante no portão do vizinho, como se fosse a moradora. Motorista saber onde eu moro, nem pensar. Já era um castigo entrar no carro de um desconhecido, ficava atenta, prestava atenção no trajeto, conferia o caminho, imagine dar meu endereço. E se o taxista inventava de puxar conversa, querendo saber da minha vida, mania de fuxiqueiro, eu cortava o papo na hora. Tinha que entrar entrava, fazer o quê, melhor que correr o risco de bater o carro ou parar no meio da rua atordoada com zonzeira. Mas preferia mesmo era sair dirigindo meu Fiatzinho, janelas fechadas, portas travadas. Como fui parar ali? *Minhas noites não são pacíficas.* Precisava me concentrar, precisava sair dali, se fui de carro, onde estacionei? Tentei andar, as pernas não ajudavam, reagiam num ritmo devagar, não só elas, meu raciocínio, meu senso de qualquer coisa. Voltei a encostar no muro. Nuvens pretas no céu, um remelexo de ventos e sopros que pareciam anunciar a chegada de um ciclone, é como me lembro daquele dia. *Uma jovem foi torturada, as mulheres enlouquecidas correram para salvar a menina, os soldados com suas longas facas mataram todas elas.* Pensar, tinha que pensar, eu repetia, se fui de carro, a chave deve estar na bolsa. Abri o zíper e tirei tudo de dentro. *Não podíamos levar pertences nem comida.* Carteira, escova, papéis nem sei de quê, caneta, chave de casa, kit de maquiagem, nem mais usava e ainda carregava o kit comigo. Chave, chave, chave, sim, estava lá, só faltava lembrar onde tinha estacionado. Estacionamento, nem lembro se existia algum por perto, olhei os papéis na bolsa, tíquete, cartão, recibo nenhum, devo ter parado na rua, concluí. E celular, claro que tinha levado, não saía de casa sem. Tirei tudo de novo, carteira, escova, caneta, chave de casa, não, na bolsa não estava. Respirei, uma coisa de cada vez. *Uma menina foi reconhecida pelos soldados, um deles gritou que ela não era mais virgem e a empurrou de lado, tentávamos esconder as mais novas. Cinco homens cercaram uma mulher, forçaram ela a se ajoelhar e com os polegares pressionaram seus olhos dizendo que, se não houvesse mais virgens, a mulher perderia a visão. Houve um grito, um grito de horror. Uma menina se aproximou chorando, mãe, minha mãe, eu estou aqui, estou aqui e sou virgem, o soldado riu alto.* Chega, pelo amor de Deus, gritei sacudindo a cabeça, a funcionária não voltou, ainda bem. Concentrar, tinha que me concentrar, repeti mil vezes. Olhei e vi meu carro estacionado do outro lado da galeria, eu, cega, não fui capaz de enxergar ele ali na minha frente. Fui até lá devagar, procurava me manter calma, PUK-4871, sim, era ele mesmo. Abri a porta, entrei e fiquei sentada com as mãos no volante. *Eu vou, eu vou com vocês, deixa eu dar um beijo na minha mãe, a menina implorou soluçando.* Passou bastante tempo, horas talvez, até que consegui mover um dedinho. O desafio era chegar em casa, não era longe, Higienópolis sentido Pinheiros, mas eu não fazia a menor ideia do caminho. Teria sido mais fácil com o celular, era tudo que eu precisava. *Os soldados levaram a menina embora.* Sempre tive bom senso de direção, será que tive mesmo? Contava sempre com a ajuda de um guia, ou aplicativo ou alguém me falando o que fazer. Precisava arriscar, engatei a marcha e segui. *A mãe tombou de lado, estava morta.* Ouvia o choro desesperado de uma das mulheres, lembro do lenço no rosto, um lenço verde bordado. Sem falar da senhorinha que foi babá do diretor turco, como é que ela pôde esquecer? Não lembrava a própria origem, o que se passou com ela, nem as coisas que ouviu? Era possível, podia alguém não se lembrar da família, de nada? Queria tanto que Aline estivesse comigo. Teria sido diferente. Ouvia a voz dela, acha que não tem a ver com o que somos hoje, aquela briga horrível, toda aquela violência. Que ideia, eu quero o melhor para minha filha. *Na longa caminhada, a única esperança era a de nos proteger de sermos mortas.* Mais socos no estômago, enjoo forte, o que eu podia fazer? Parar o carro, cuspir fora o que me subia na garganta? Mais um pouco, só mais um pouco, eu não parava de repetir. Lembrei dos álbuns, das fotos, sim, casei com o homem que quis, se não fosse o Zohrab teria sido com alguém parecido. Tudo teria sido parecido. Casamento, costumes, alguém capaz de seguir comigo, dava para ser diferente? Tivemos uma filha, ele um pai, eu uma mãe, desempenhamos nossos papéis, o que ele fazia ou deixava de fazer não importava contanto que cumprisse o lugar de provedor da família. O que atrapalhou, minhas ideias? *Minhas ideias*, e eu fui capaz de ter alguma ideia que fosse minha? Fazia tudo igual, seguia um modelo, imitava o traço, até assinatura tentava copiar. Muita tontura, nem sabia mais onde estava. Ruas, caminho, nada era familiar. O motorista do carro atrás buzinava furioso. Consegui encostar na frente de uma garagem. Ele me ultrapassou pela esquerda gritando, sua louca, olha pra frente, e fez um gesto obsceno. Por que tanta raiva? Será que dirigia tão distraída que nem percebi o que estava fazendo? Passou por mim ainda com o dedo do meio pra fora, que hostilidade era aquela? Tinha que ficar atenta. Segui mais um pouco e vi que a rua desembocava numa via bastante movimentada, avenida Doutor Arnaldo. Arnaldo, Minas Gerais, não reconhecia os nomes, Titizian, filha de uma pessoa exigente, não reconhecia nem o meu próprio. Embiquei o carro com cuidado, faltava firmeza, não me sentia capaz de entrar na avenida. O pior eram os ônibus que passavam perto deixando claras minha vulnerabilidade, minha pequenez ao lado deles. Como eu podia enfrentar sozinha um gigante daqueles? Iam me esmagar, me espremer, iam acabar comigo. Sai da frente, vai levar o dia todo, hein, gritou outro motorista. Pressionei de leve o acelerador, mas nenhum carro me deu passagem, parecia não ter ninguém disposto a me oferecer uma brecha, uma mão estendida. Foi quando ouvi uma voz, outra, bastante nítida. A mulher precisa de um homem que a proteja, alguém que cuide dela. Olhei de um lado, de outro, não vi ninguém, só carros, ônibus, motos. O lugar da esposa é ao lado do marido. De onde é que vinha aquilo? Algo de muito ruim pode acontecer. Algo ruim, e não foi o que sempre escutei da minha mãe, minhas tias, minha irmã, de todas elas? E esse algo ruim já não aconteceu? Mulheres arrancadas das suas casas, violentadas, estupradas, raptadas, forçadas a viver como escravas em tribos no meio do deserto. E as que conseguiram sobreviver? A luta para reconstruir o que perderam. Mas o que estava acontecendo? Somos nós, nós é que temos que manter viva a memória, não podemos deixar as marcas se apagarem nem o testemunho morrer. Que tanto eu escutava? Já não bastavam as mulheres do filme? Repetir, repetir, nunca parar, não deixar morrer, era disso que Aline falava? Tudo muito confuso, gritos, palavrões, buzinas, nem sei mais de que lado vinham. Pisei no freio. Olhei ao redor e percebi que estava parada no meio da rua, não, não era da rua, estava parada no meio da Doutor Arnaldo. Os carros passavam rentes, bem rentes, parecia que iam me empurrar à força. Eu suava frio, ao mesmo tempo ardia, não sabia o que fazer. Um homem surgiu na minha frente gesticulando coisas que eu não consegui entender. Outro abriu a porta do carro dele e veio caminhando na minha direção. Se aproximou, parecia nervoso, muito nervoso. Devia ter abaixado o vidro? Melhor não, pensei, melhor não arriscar, ele podia me puxar pelos cabelos, me arrancar pela janela e esmurrar minha cara até sangrar, até me deixar desfigurada. Não me virei. Com o canto do olho vi a boca dele embaçar o vidro. Dá pra tirar essa joça daqui, tá fechando tudo, escutei o vozeirão, trêmula. Não tá ouvindo, não, vai ficar aí que nem estátua? Comprimi meus lábios, meu rosto pasmado só olhava para a frente. Ele se afastou, alívio, escutava ainda ele trovejando. Mais à frente enxerguei uma senhora. Meu Deus, a senhorinha do sonho, é possível uma coisa dessas? Sobrancelhas franzidas, boca se movendo rápido, ela falava e gesticulava as mãos, e gesticulava na minha direção, de novo *amot*? Não, a palavra era maior, *du khent es*. Foi isso mesmo que ouvi? E para quem ela perguntava? Pra mim? Louca eu, aquela senhorinha perguntou se eu era louca? Os braços esticados apontavam para a guia da calçada. Respire, não esquece de respirar, eu repetia. Virei um pouco o pescoço e vi barracas de flores. Barracas infinitamente compridas, não dava para ver aonde terminavam, com coroas enormes de rosas, crisântemos, lírios, enfileiradas uma ao lado da outra, prontas para algum velório, um não, vários velórios. Consegui ler alguns sobrenomes nas faixas: Varoujan, Zartarian, Harutiunian. Como assim, nomes dos intelectuais armênios que foram deportados e mortos? Eles ainda não foram enterrados? Tentei ler outros, minha visão ficou embaçada.

"*Du khent es?*", aquela senhorinha continuava a gritar.

A tontura tinha piorado, não conseguia mais mexer os braços, não só os braços, eu não conseguia mais me mexer. Fechei os olhos. Quando abri, não vi mais coroa, nem faixa ou sobrenome, nem a senhorinha raivosa turrando comigo. Vi flores, muitas barracas de flores.

"Bebeu, é? Sua vaca! Filha de uma boa mãe, é isso que você é!"

Uma multidão de rostos me olhava, me encaravam agressivos. Os carros já conseguiam passar, estacionada na faixa da direita eu não atrapalhava mais o fluxo, mas as buzinas e as queixas não pararam.

"Olha a zona que cê tá fazendo! Tira essa porra daí."

Uma batelada de insultos e palavrões que eu nunca tinha ouvido, não sei o que significam nem me autorizo a repetir. Percebi um motoqueiro diminuir a velocidade, achei que fosse quebrar o vidro. Fechei os olhos e me encolhi no assento esperando os estilhaços voarem para dentro. Dor de barriga, vontade insuportável de ir ao banheiro, não, por favor não. Ele não bateu na janela, não quebrou o vidro, nem me agrediu. Arrumou o espelho retrovisor que algum motorista deve ter topado e desencaixado. Fez sinal para eu me deslocar mais para a direita. Com muito esforço consegui virar, estacionei o carro ocupando somente a faixa de ônibus como se a gasolina tivesse acabado. Enquanto estacionava, senti algo escorrer na calcinha, não, sensação de lixo de novo, não. Um senhor se aproximou, supliquei rezando do jeito que deu àquela hora. Olhei o rosto dele, a expressão não era hostil, fisionomia tranquila, quem é que conseguia saber? Não ia abrir a janela de jeito nenhum, ainda mais naquele estado. Sim, ele parecia calmo, falava devagar, movimentava as mãos devagar. Com o indicador grudado no dedão ele me orientou a descer o vidro. Abaixei um tiquinho ainda tremendo, morrendo de vergonha.

Foi quando o céu escureceu. O ciclone veio mesmo e veio de forma brusca, sem lusco-fusco, crepúsculo ou cor gradiente. Uma sombra enorme se apossou de mim, não consegui enxergar nada nem mais ninguém.

ELUCIDÁRIO

A ideia deste elucidário, aproveitando que Meliné e eu temos a mesma origem e o sufixo ian nos sobrenomes, é a de esclarecer algumas particularidades da cultura armênia, significados dos termos, nomes de pratos tradicionais da culinária, além de referências citadas na história. Uma espécie de bloco de notas, sem a menor pretensão de dar conta de toda a riqueza desta cultura.

● APÁTRIDAS

A formação dos grupos da diáspora se deve, principalmente, à perseguição e extermínio de dois terços da população armênia pelo Império Otomano, que ocorreu durante a Primeira Guerra Mundial, especialmente após a assinatura do Tratado de Lausanne, em 1923. O documento anexou definitivamente províncias armênias ao recém-criado território da Turquia, impedindo o retorno e marcando as grandes levas de migração. A data de 24 de abril de 1915 marca o início do genocídio com a deportação e morte de políticos, religiosos e intelectuais, como Daniel Varoujan, Rupen Zartarian, Ardashes Harutiunian, entre tantos outros.

● CULINÁRIA

A culinária armênia representa um forte elemento identitário desta comunidade, destacando o papel das mulheres como encarregadas de aprender, com suas mães e avós, as receitas e o preparo dos pratos que, depois, passavam às filhas.

Alguns pratos tradicionais:

baklava/baclava: sobremesa de massa folhada com nozes e mel

bastermá/basturma/pastirma: carne seca curada e prensada com condimentos

boereg/beureg: pastel recheado

dolmá: abobrinha, berinjela ou pimentão recheados com carne moída

herissé/herissah: carne desfiada com trigo e manteiga

mantã/manti: barquinhas de massa recheadas com carne

mezze/meze: entradas, petiscos variados, pequenos pratos

pilav/pilaf: arroz com especiarias

radik: sobremesa de trigo, frutas secas, oleaginosas e açúcar

rãimá: carne moída refogada

sarmá: charutinho de folha de uva, repolho ou couve

● PEQUENO GLOSSÁRIO

A língua armênia possui duas formas literárias modernas: o armênio oriental, utilizado no país e nas comunidades do Irã e Rússia, e o armênio ocidental, originalmente usado durante o Império Otomano e mantido pela diáspora. Há ainda o armênio clássico ou antigo, o *grabar*, utilizado apenas nos ritos litúrgicos da Igreja Apostólica Armênia.

Nas duas versões modernas, o alfabeto é o mesmo, com algumas exceções, pronunciado de maneira diferente.

Palavras armênias:

aghjig/aghjik: menina

Astvats: Deus

darássa kezi: kezi significa "te", *que o outro tenha a mesma sorte*, talvez seja o significado mais próximo. A expressão pode ter surgido de um dialeto ou se misturado com outros idiomas, sendo difícil encontrar uma tradução literal para a frase

deghatsi/teghatsi: os locais, ou seja, os não armênios, nascidos fora da hayrenik

digin/tikin: senhora

duduk/daduk: instrumento de sopro

du khent es: você é doida

Hayr Mer: Pai-Nosso

hayrenik/hayrenig: os mais antigos costumam traduzir Armênia como *hayrenik*, a pátria-mãe, como um lugar ancestral, não como território

hayrig/hayrik: pai

hoscap: compromisso de namoro

karoun karoun/karun karun: música popular, com letra otimista e ritmo animado, frequentemente tocada em festas

mayrig/mayrik: mãe

medz/metz: grande

shnorhavor: parabéns

takuhi/taguhi: rainha

Palavras turcas:

düses: sorte inesperada
iki alti: dupla de seis
sus getir: cale-se
tavlá: gamão
yavroum: meu bebê
yeter: suficiente

Primeiros leitores

A escuta, o entusiasmo e o incentivo de Maria Fernanda Kherlakian, Fernando Kherlakian, Marcia Pastore, Rafaela Kahvegian, os colegas e professores do primeiro ano do curso de Formação de Escritores do Instituto Vera Cruz, Mateus Baldi, Giovana Madalosso, Heitor Loureiro, Vanda di Yorio, e a gentil autorização de Rosângela Rennó e da Galeria Vermelho foram de grande importância para a publicação do livro.

Este livro foi composto com tipografia Adobe Garamond Pro e
impresso em papel Off-White 80 g/m² na Formato Artes Gráficas.